KB274007

토모바시 카메츠
ill. 노조미 츠바메
7
S 랭크 모험가 인 내 딸들은 심각한 파더콤 이었습니다

장녀 · 엘자
"맡겨주세요.
칼질은 특기니까요."

소니아

차녀·안나
"각자 일을 분담하자."
——세 자매, 요리에 도전

삼녀·메릴
"알았어!"

──여왕 폐하의 휴일
"오늘은 시내에서
실컷 자유행동을 할 거예요."

S랭크 모험가인
내 딸들은
심각한
파더콤
이었습니다
한 7
토모바시 카메츠
ill. 노조미 츠바메

CONTENTS

Illustration 노조미 치바메

처음 그것을 봤을 때 나는 무심코 내 눈을 의심했다.

환각을 보는 줄 알았다.

눈앞에 서 있는 사람―― 그것은 누구보다도 익숙한 모습이었다.

검은 머리, 큰 키, 근육질 체형. 눈매는 날카롭고, 허리에는 칼을 집어넣은 칼집을 차고 있었다.

그곳에는 내가 있었다.

다름 아닌 나 자신이기 때문에 알 수 있었다.

눈앞에 있는 사람은 틀림없이 나였다.

얼굴도, 체형도, 이것저것 전부 다.

완전히 나 자신이었다.

딱 하나, 그 알맹이만 제외하고는.

그리고 좀 전까지는 나였던 사람은 이제 내가 아니게 되었다.

얼굴 생김새는 사라지고 온몸이 새까맣게 지워져 있었다. 사람의 개성이 깃들어 있는 부위――얼굴이나 체형의 특징이 모조리 삭제된 것이다.

그것은 마치 그림자 같았다.

눈앞에 있는 사람―― 내 모습을 한 누군가는, 좀 전까지 나였던 검은 그림자를 똑바로 보더니 입가를 사악하게 비틀면서 히죽 웃었다. 그리고 의기양양하게 선언했다.

"네 몸은 이제 내 것이다."

조금 전으로 거슬러 올라가보자.

그날 아침에 나는 평소처럼 모험가 길드로 향했다.

길드 마스터인 안나의 요청으로 임무를 맡으러 간 것이다.

요청이라고 해 봤자 그렇게까지 격식 차린 것은 아니고, 개인적인 부탁에 가까운 걸지도 모르지만.

"아빠, 미안해. 바쁠 텐데."

나를 보자마자 안나가 말을 걸었다. 두 손을 모으고 그렇게 말했다. 장난기 어린 제스처였다.

"아니, 이 정도는 별것도 아닌데 뭘. 오늘은 그나마 한가한 편이야."

아침에는 모험가로서 임무를 수행하고, 오후에는 기사단 교관으로 일할 예정이다.

평소에 비하면 상당히 여유로운 스케줄이다.

실질적으로는 거의 쉬는 날이나 마찬가지다.

그렇게 말하자, 모험가 길드의 여자 접수원—— 모니카는 아연실색했다.

"아니, 매우 바쁘시거든요?!"

"그런가?"

"하루에 일을 두 개나 한다는 것부터가 문제예요. 일을 너무 많이 하는 거라고요! 저기요, 워라밸이라는 말 아세요?"

"알지. 자신의 개인적인 시간과 일하는 시간의 비율을 뜻하는 거잖아?”

“그냥 알기만 하는 주제에 우쭐거리지 마세요!”

“우쭐거린 적 없는데…….”

“실천하지 않으면 의미가 없다고요! 지식은 실천 앞에서는 무력합니다!”

모니카가 소리 높여 그렇게 말하더니.

“지금 카이젤 씨는 말이죠, 일이 생활의 대부분을 차지한 상황이에요. 좀 더 가족과의 시간을 소중히 여겨야 해요! 죽어라 일만 하면서 가정을 돌보지 않으면 언젠가는 가정이 무너질 거라고요? 일가가 풍비박산 난단 말이죠?”

“응, 충고는 고마워. 하지만 그건 걱정할 필요 없어. 나는 가족과의 시간을 최우선으로 하고 있어.”

“카이젤 씨는 그렇게 말씀하실 수도 있지만” 하고 모니카는 쯧쯧 하면서 손가락을 흔들었다. “주관과 객관이 꼭 일치하는 것은 아니에요.”

“아빠는 언제나 저녁에는 집에 돌아오시고, 그 누구보다도 우리를 소중히 생각해주고 계셔. 그건 우리가 보증할 수 있어.”

그때 안나가 지원사격에 나서줬다.

“네?! 그렇게 일을 많이 하는데도 꼬박꼬박 밤이 되기 전에는 집에 돌아간다고요?! 시공이 뒤틀린 거 아니에요?!”

“아빠는 워낙 우수해서 퇴근 시간까지는 모든 일을 다 끝내거든.”

안나는 묘하게 자랑스러워하는 것처럼 말했다.

"그런데 모니카, 워라밸에 대해 생각해야 할 사람은 당신 아니야? 당신은 좀 더 일의 비중을 늘려도 되지 않을까?"

"저는 제 시간을 그 무엇보다도 소중히 여기기로 마음먹었거든요!"

모니카는 가슴을 쫙 펴고 당당하게 선언했다.

"일보다 사생활을 우선시하고 있습니다!"

"그건 실제로 좋은 결과를 내놓는 사람한테만 통하는 말이지."

안나는 어이없어하면서 말했다.

"당신은 저번 회의에서도 엉망이었잖아. 꾸벅꾸벅 졸기도 하고, 의사록에 적을 내용을 빠뜨리기도 하고. 안 그래도 한번 제대로 시간 내서 이야기하려고 했는데."

"앗! 지금 접수처의 일손이 부족한 것 같아요! 모험가님을 기다리게 할 수는 없잖아요?! 제가 당장 도와주러 갈게요!"

모니카는 그렇게 말하더니 도망치듯이 접수처 쪽으로 뛰어갔다.

상대를 완전히 놓쳐버린 안나는 이마를 짚으면서 중얼거렸다.

"쟤는 도망치는 기술 하나는 일품이라니까……."

"길드 마스터도 고생이 많구나."

쓴웃음을 지으며 동정했다.

"그나저나 나에게 맡기고 싶다는 임무가 뭐니?"

"아, 그거 말인데……."

안나가 임무의 개요를 설명했다.

그것은 고블린 퇴치였다.

왕도 동쪽에 있는 마을—— 그곳의 뒷산에 고블린이 자리를 잡고, 채집하러 오는 마을 사람들을 공격하는 사건이 발생했다는 것이다.

심지어 고블린의 소굴로 납치당한 사람도 있다고 한다.

이대로 가다간 언젠가는 고블린들이 마을을 습격할 위험성도 있다. 그래서 한시라도 빨리 그 소굴을 파괴해야 한다는 것이다.

"그 소굴에는 변이종도 출몰하는 것으로 확인됐어."

변이종은 일반 개체보다 훨씬 더 강력한 힘을 가지고 있다.

"변이종이 있는 소굴은 가능한 한 빨리 정리해야 해서 B랭크 이상의 모험가 파티를 편성하는데, 지금은 일손이 부족하거든."

"그래서 나한테 일이 넘어온 거구나."

"아빠 혼자 가야 할 것 같은데. 괜찮겠어?"

"응. 문제없어."

"고마워. 덕분에 살았어" 하고 안나는 안도하는 표정을 지었다. 내가 받아들인 시점에서 이미 임무는 달성된 거나 마찬가지라고 확신하는 듯했다.

"마차는 미리 불러놨으니까. 그걸 타면 그 마을까지 갈 수 있어."

"알았어. 당장 갈게."

고블린들이 언제 마을을 습격하려고 움직일지 모른다. 그리고 납치된 마을 사람도 빨리 구해줘야 할 것이다.

즉시 목적지인 마을에 가기로 했다.

안나가 준비한 마차를 타고 짐받이에서 덜컹덜컹 흔들리면서 이동한 지 두 시간.

문제의 그 마을에 도착했다.

나는 마차에서 내려 의뢰인인 촌장을 찾아갔다.

촌장은 처음에는 혼자 온 나를 보고 불안해하는 것 같았다. 그러나 내가 A랭크 모험가란 사실을 알게 되자 태도가 부드러워졌다.

나는 고블린의 소굴이 있는 장소를 듣고 나서 마을을 떠나려고 했다.

그런데 그때.

"저도 데려가주세요!"

용맹하게 생긴 청년이 나를 불러 세웠다.

"……넌 누구지?"

"쿠르스라고 합니다. 이 마을 위병으로 일하고 있습니다."

"방금 데려가 달라고 한 것 같은데……."

"여동생이 그 소굴에 있어요. 제가 열이 나서 드러누웠었는데, 그 녀석이 저를 위해 약초를 찾으러 산에 갔다가 고블린한테 납치당해서……."

그래서 그 소굴로 끌려갔단 말인가.

대충 보니 열여덟 살쯤 되는 것 같았다. 위병으로 일한다고 했는데, 확실히 검술은 좀 배운 것 같았다. 그에게서는 무인으로서의 풍격이 느껴졌다.

자책감에 시달리고 있어서 그런지, 쿠르스는 절박한 표정을 짓고 있었다.

"쿠르스, 바보 같은 소리 하지 마라. 애초에 우리 능력으로는 도저히 감당이 안 돼서 외부에 의뢰한 게 아니냐. 네가 동행해봤자 카이젤 님한테는 방해만 될 거다."

촌장이 그렇게 나무라듯이 말했다.

"……윽."

쿠르스는 입술을 깨물고 고개를 숙였다.

주먹을 꽉 쥐고 울분에 못 이겨 부들부들 떨고 있었다.

그 모습을 지켜보던 나는 무의식중에 이런 말을 꺼냈다.

"저는 상관없어요."

"네……?!"

"카이젤 님……?! 아니, 괜찮으시겠어요?!"

"보아하니 이 사람은 검술도 배운 것 같고요. 근방 지리에 익숙한 마을 사람이 동행하면, 그 소굴까지 좀 더 편하게 갈 수 있겠죠."

"단" 하고 조건을 덧붙였다.

"자기 몸은 자기가 지켜야 합니다. 혹시나 당신과 임무를 저울질해야 하는 상황이 오면, 저는 망설임 없이 당신을 버릴 겁니다. 그래도 상관없다면 따라오세요."

"——! 감사합니다!"

쿠르스는 고개를 깊이 숙였다.

"절대로 카이젤 씨를 방해하지 않을게요! 혹시나 방해된다면, 그때는 절 버리고 가세요!"

내가 그렇게 말하니, 촌장도 마지못해 쿠르스의 동행을 허락했다. 촌장은 고블린 소굴만 없애준다면 나머지는 어찌 되든 상관없을 것이다.

사실 그의 동행은 거절할 사안이었다. 그를 데려가 봤자 별 이득도 없다. 오히려 위험이 더 커질 뿐이다.

하지만 쿠르스의 눈을 봤을 때 나는 느꼈다. 그를 내버려 둘 수 없다고.

자기 때문에 여동생이 위험해졌다.

내가 그 아이를 구해도 쿠르스는 자책감을 떨쳐낼 수 없다. 쿠르스를 임무에 동행시켜서 자기 손으로 하도록 해야 한다.

그래서 허가했다.

넌 그런 물렁한 성격이 문제야! 하고 남들은 어처구니없어할 것이다. 하지만 나이가 들면 저절로 젊은이를 도와주고 싶어지는 법이다.

마을을 떠나 고블린의 소굴로 향했다.

그 소굴은 마을 뒤편의 산속에 있었다. 거기까지 가는 길은 쿠르스가 안내했다.

한동안 걸었더니 드디어 소굴이 보였다.

울창한 숲을 빠져나간 곳에 탁 트인 공간이 있었다. 바위산에 뚫려 있는 거대한 구멍—— 아마도 저곳이 그놈들의 소굴일 것이다.

입구 앞에는 파수꾼이 있었다.

추악한 얼굴, 기괴하게 찌그러진 작은 몸. 고블린이었다.

그런 놈 중에서 유난히 눈에 띄는 놈이 있었다.

다른 녀석들보다 유독 굳세어 보이는 육체.

아마도 변이종일 것이다.

"저건—— 고블린 가드……! 근골이 튼튼한 탓에, 칼이나 마법 공격이 거의 통하지 않는다고 들었어요."

수풀 속에 숨으면서 쿠르스가 조그맣게 속삭였다.

"여기서 전투를 벌이면 틀림없이 장기전이 될 거예요. 그 틈에 다른 개체가 소굴로 들어가 적의 습격을 보고한다면, 안으로 들어가기는 더 힘들어지겠죠. 인질도 어떻게 될지 모르는 일이고요."

그렇게 중얼거리더니 내 의견을 구했다.

"카이젤 씨. 어쩌면 좋을까요?"

"어쩌긴 뭘 어째. 계책 따윈 필요 없어."

"——네?"

"놈들이 습격을 알릴 틈도 없이 해치우면 돼."

나는 오른손에 마력을 집중시켰다. 그리고 팔을 휘둘러 그것을 던졌다.

바람 마법—— 윈드 스트라이크.

압축시킨 공기를 대포처럼 쏘아냈다.

소리보다 더 빠르게 날아가 고블린 가드의 흉부에 명중하더니, 그대로 그놈의 등을 뚫고 나아갔다.

일격에 목숨을 잃은 고블린 가드는 그 자리에 쿵 쓰러졌다.

“고, 고블린 가드가 일격에……?!”

“키익?!”

너무 갑작스러운 일이라서 다른 녀석들이 혼란에 빠졌다.

그래도 적의 습격이란 것은 눈치챘나 보다. 그들은 허둥지둥 몸을 돌려 소굴 속으로 보고하러 들어가려고 했다.

하지만 보내줄 생각은 없다.

나는 연달아 바람 마법을 발사해 차례차례 고블린들을 해치웠다. 저놈들의 덩치는 작지만, 백발백중 명중시키는 것쯤은 식은 죽 먹기였다.

눈 깜짝할 사이에 시체의 산이 쌓였다. 입구 앞은 깨끗이 치워졌다.

“좋아, 이제 파수꾼은 사라졌어. 자, 소굴로 잠입하자.”

“………….”

느긋하게 여유 부릴 상황은 아니었다.

오후에는 기사단 일을 해야 하니까. 그때까지는 돌아가야 한다.

나는 수풀 속에서 빠져나가 탁 트인 공간에 발을 들여놓았다. 멍하니 있는 쿠르스는 그냥 내버려 둔 채 적의 소굴 쪽으로 걸어갔다.

그러자 등 뒤에서 목소리가 들려왔다.

“이, 이게 바로 A랭크 모험가의 실력! 수준이 너무 달라…….”

파수꾼이 사라진 입구를 통해 소굴로 잠입했다.

　단순히 고블린을 섬멸하는 것이 목적이라면 이 소굴을 통째로 폭파하는 게 가장 빠를 것이다. 산 채로 묻어버리면 적은 순식간에 전멸할 테니까.

　그러나 이번에는 그럴 수 없었다. 이 소굴 속에는 납치당한 마을 사람들이 있으니까. 그들을 구출해야 한다.

　촌장의 이야기에 의하면 그들은 납치된 지 얼마 안 됐다고 한다.

　이제 곧 고블린이 번식기를 맞이한다. 그러니까 거꾸로 말하자면, 아직은 인질을 괴롭히지 않았을 것이다.

　하지만 그렇다고 사람이 잡혀간 마당에 느긋하게 있을 수도 없었다.

　"어두워서 주위가 잘 보이지 않네요……."

　쿠르스는 주위를 둘러보면서 신중하게 전진했다.

　적의 소굴 속은 좀 어두웠고 공기도 눅눅했다. 좌우의 벽에 붙어 있는 횃불의 불빛 외에는 모든 것이 어둠으로 뒤덮여 있었다.

　"……고블린은 밤눈이 밝아요. 여기서 마주치면 불리한 상황에서 싸워야 합니다."

　"그래? 그럼 이 마법을 쓸까."

　나는 그렇게 말하고 나 자신과 쿠르스에게 어떤 마법을 걸었다.

　은은하게 빛나는 마력의 베일이 우리 둘의 몸을 뒤덮었다.

　"이건……?"

　"은둔 마법이야. 우리의 모습이 주위에는 안 보이게 되는 거지. 마력이 강한 자가 아니면, 우리의 모습은 눈으로 볼 수 없어. 상대가 고블린 같은 녀석들이라면 아마 괜찮겠지.”

“……그, 그런 마법이 있었군요……!” 하고 쿠르스는 감탄한 것처럼 중얼거렸다.

“그런데 진짜로 적한테는 안 보이는 건가요?”

“한번 시험해 보든가. 아, 저기 봐. 마침 딱 좋은 상대가 있네.”

그때 눈앞에서 고블린들이 이쪽으로 걸어왔다.

두 마리였다.

거리가 가까운데도 그들은 통로 한가운데에 서 있는 우리 모습을 전혀 눈치채지 못했다. 이윽고 몸이 부딪쳤다.

앞으로 걸어가려고 하던 고블린이 내 몸에 부딪쳐 퉁! 하고 튕겨 나갔다. 그대로 바닥에 엉덩방아를 찧었다.

“끼이……?”

고개를 갸웃거리며 의아한 표정을 짓고 있었다. 그놈들 입장에서는 아무것도 없는 공간에 투명한 벽이 나타난 듯한 감각일 것이다.

은둔 마법을 사용해도 존재 자체가 사라지는 것은 아니다.

접촉하면 감각은 느껴진다.

나는 손날 공격으로 두 마리의 고블린의 목을 연달아 날려버렸다. 전투에 돌입하지도 않고 적을 무력화하는 데 성공한 것이다.

“자, 이렇게 되는 거야.”

“……잠입이 급격하게 쉬워졌네요.”

하긴, 이래서야 긴장감이 확 떨어질지도 모르겠다.

하지만 이렇게 하면 훨씬 빠르게 일을 처리할 수 있으니까.

더구나 나는 오후에 기사단 일이 있으므로 늦기 전에 돌아가야 한다.

우리는 적의 소굴을 이리저리 돌아다니면서 마주치는 고블린들을 모조리 섬멸했다. 그것은 더 이상 전투라고도 부를 수 없는 박멸 작업이었다.

그러다가 이윽고 깊숙한 방에 도달했다.

그곳은 명도도 높고 탁 트인 공간이었다.

안쪽에는 나무로 된 감옥이 있었다. 거기서 여러 개의 기척이 느껴졌다.

보니까 그곳에 사람이 있었다.

붙잡힌 마을 사람들이다.

좀 쇠약해진 것처럼 보였지만, 무슨 짓을 당하진 않은 것 같았다.

아마도 내 추측이 정답이었나 보다. 고블린들은 아직 사람들에게 손대지 않은 듯했다. 좋아, 그걸 알았으니 지금 당장 구출하자.

감시하는 고블린들에게 다가가 검을 휘둘러 그놈들의 목을 쳤다. 그러자 감옥에 갇혀 있던 마을 사람들이 눈을 휘둥그렇게 떴다.

하기야 그들에게는 고블린들의 목이 갑자기 날아간 것처럼 보였을 것이다. 대체 무슨 일이 일어난 거지?! 하고 겁먹는 것도 이해가 갔다.

은둔 마법을 해제했다.

눈앞에 나타난 우리를 본 순간, 포로가 된 여성이 소리를 질렀다.

"오빠……?!"

아마도 저 여자가 납치된 쿠르스의 여동생인가 보다.

"메이! 무사해서 다행이야……!"

쿠르스는 눈을 크게 뜨고 말했다.

"당장 여기서 꺼내줄게."

내가 감옥의 창살을 잘라내자, 쿠르스는 여동생에게 달려가 와락 껴안았다. 재회를 진심으로 기뻐하는 것이 느껴졌다.

쿠르스는 울먹이면서 뜨겁게 말을 토해냈다.

"카이젤 씨, 정말 감사합니다."

"아직 마음 놓기에는 일러."

"네?"

나는 고개를 돌려 등 뒤—— 이 방의 입구 쪽을 힐끗 봤다.

어둠 속에서 고블린들의 모습이 나타났다.

소동을 눈치챈 것이리라.

어느새 고블린 잔당이 일제히 이 방에 집결했다.

변이종과 통상 개체.

그들 너머의 저 안쪽에는 무리의 우두머리—— 킹으로 보이는 고블린도 있었다. 그놈은 지팡이를 들고, 나무 왕관과 망토를 착용하고 있었다.

"귀찮게 찾아다닐 필요가 없어졌네. 이대로 일망타진을 해주마."

나는 곧장 자세를 취했다. 그런데 그때.

"음……?"

“카이젤 씨? 왜 그러세요?”

저 무리 속에 뭔가 기묘한 기척이 숨어 있었다. 고블린의 기척은 아니었다. 하지만 이거다! 싶은 개체는 눈에 띄지 않았다.

“아니, 아무것도 아냐.”

어쨌든 지금은 저놈들부터 섬멸해야 한다.

“쿠르스. 네 동생과 인질들은 너에게 맡길게.”

“아, 네!”

나는 고블린들을 향해 뛰쳐나갔다. 그놈들 한가운데서 춤을 췄다. 덤벼드는 고블린들을 차례차례 베어 쓰러뜨렸다.

그러는 사이에 쿠르스 일행한테도 고블린 개체 하나가 달려들었다.

“──쿠르스!”

“내 동생은 손가락 하나도 건드리지 마!!”

쿠르스는 용맹하고 과감하게 나서서 고블린을 베어 넘겼다. 그 강력한 일섬(一閃)은 고블린의 상반신과 하반신을 분리했다.

“좋은 칼놀림이야.”

나는 씩 웃음을 흘리고 전투에 집중했다. 변이종들을 일단 다 해치운 다음에 나머지 통상 개체들을 척척 처리했다.

정적이 찾아왔다.

원군이 달려오는 기척도 없었다.

아마도 적을 전멸시킨 모양이다.

혹시 생존자가 있더라도 문제는 없다. 이 소굴에서 빠져나가면

입구를 파괴해 묻어버릴 거니까. 그러면 아무도 못 나올 것이다.

좀 전의 묘한 기척도 어느새 사라졌다.

"좋아, 그럼 돌아갈까?"

우리는 포로가 됐던 마을 사람들을 데리고 돌아가기로 했다. 임전태세를 풀고 약간의 빈틈이 생겼는데, 바로 그 순간.

등 뒤에서 돌연 기척이 생겨났다.

"──앗?!"

반사적으로 돌아봤다.

시선의 끝에 있는 것은── 쓰러진 고블린 킹의 시체.

거기서 갑자기 검은 그림자 같은 것이 쑥 튀어나오더니 이쪽으로 확 날아들었다. 그것은 내가 아니라 쿠르스를 노리고 있었다.

"으아아아악?!"

"──쿠르스!"

무의식중에 다리를 움직였다.

쿠르스와 습격자 사이에 정확히 끼어들어, 이쪽으로 달려드는 검은 그림자의 공격을 받아냈다. 그 순간, 마치 벼락을 맞은 듯한 충격이 나를 덮쳤다.

저도 모르게 그 자리에서 무릎을 꿇었다.

"카, 카이젤 씨!"

쿠르스가 허둥지둥 이쪽으로 뛰어왔다.

"괜찮으세요?!"

"……그래. 괜찮아."

그렇게 대답하는 나.

"죄송해요……. 괜히 나를 감싸주시다가……!"

"신경 쓰지 마. 이 정도는 별것도 아니야."

미소 짓는 나를 보고 안도한 표정을 보여주는 쿠르스. 멀쩡한 내 모습을 보고 감탄한 것처럼 중얼거렸다.

"적의 공격을 정통으로 맞았는데도 전혀 타격이 없으시다니……. 역시 A랭크 모험가는 레벨이 다르네요."

"하하. 칭찬해봤자 아무것도 안 나올 텐데?"

그렇게 두 사람이 대화하는 장면을—— 쿠르스와 내 모습을 한 누군가가 대화하는 장면을, 나는 두 사람 옆에 서서 멍하니 바라보고 있었다.

내 모습을 한 누군가. 그것은 아무리 봐도 나 자신이었다.

얼굴도 체형도 전부 다.

카이젤 클라이드 그 자체였다.

단 하나, 내용물만 제외하면.

내가 아닌 누군가가 내 몸에 들어가 몸을 조종하고 있었다.

카이젤 클라이드로서 쿠르스나 마을 사람들과 대화를 나누고 있었다. 그리고 모두 내 모습을 한 누군가를 카이젤이라고 인식하고 있었다.

그리고 좀 전까지 카이젤이었던 나는 이제 인간 형태의 그림자가 되어 있었다. 얼굴도 신체도 전부 다 까맣게 지워져 있었다.

마치 자기 자신이란 존재가 지워진 것 같았다.

“쿠르스, 들려?”

말을 걸었지만, 대답은 없었다. 상대가 나를 무시하는 게 아니었다. 애초에 들리지 않는 것 같았다.

소리를 내면 반응이 있으려나? 하고 감옥을 파괴하려고 했다. 그러나 내가 내지른 주먹은 감옥에 닿기도 전에 튕겨나갔다.

마치 세상이 나의 간섭을 받아들이지 않는 것 같았다.

나의 모습을 한 누군가는 포로였던 마을 사람들과 쿠르스를 데리고 마을로 돌아갔다. 거기서 환대와 감사를 받은 다음에 왕도로 돌아가는 마차에 탔다.

언뜻 보면 나로서 위화감 없는 행동을 하고 있었다. 사실 나 자신이 아니라면, 그게 내가 아니란 사실을 눈치채지 못할 정도였다.

나는 카이젤의 모습을 한 누군가와 함께 마차의 짐칸에 앉아 있었다. 물론 나의 의지로 그렇게 하기도 했지만, 그 외의 이유도 있었다.

인간 형태의 그림자가 된 나는 카이젤 곁을 떠날 수 없었다. 카이젤이 이동하면 나도 저절로 그에 맞춰 끌려다니게 되었다.

그림자가 본체의 곁을 떠날 수 없는 것처럼.

짐칸에 올라탄 후 마차가 달리기 시작해서 주위에 아무도 없어졌을 때. 갑자기 카이젤의 모습을 한 누군가가 나를 힐끔 봤다.

『──놀랐냐?』

“……내 모습이 보여?”

『당연하지. 너를 지금 이런 상황으로 몰아넣은 것은 바로 이 몸이니까.』

내 모습을 한 누군가는 의기양양하게 입가를 비틀며 웃었다.

"고블린 무리에 섞여 있던 기묘한 기척의 정체가 바로 너였구나. 넌 도대체 누구지? 나에게 무슨 짓을 한 거냐?"

『너한테 굳이 가르쳐줄 이유는 없다만, 흠. 왕도에 도착할 때까지 짐칸에 멍하니 앉아 있으면 심심하니까. 가르쳐주마.』

내 모습을 한 누군가는, 평소에 내가 짓지 않는 표정을 지으면서 말했다.

『내 이름은 재도우. 마족이다. 타인의 존재를 빼앗는 능력이 있지. 네가 지금 그림자 모습이 되어버린 이유가 바로 그거야.』

"그러면 그동안 고블린한테 기생했었던 거냐?"

『그래. 킹으로서 고블린을 지휘하고 있었지. 마을 녀석들을 덮치다 보면 언젠가는 왕도에서 모험가가 파견될 테니까. 그 모험가의 몸을 빼앗을 계획이었다.』

재도우는 그렇게 이야기하더니 말을 이었다.

『그런데 설마 네가 파견되어 올 줄은 몰랐어. 우리 마족——을 위협하는 세 자매의 아버지, 카이젤 클라이드가 올 줄이야. 거참, 정말로 운이 좋았지.』

엘자와 안나와 메릴은 용사의 혈족이다. 그 아이들의 존재는 무적의 마왕을 위협하는 유일한 위험 요소였다.

그래서 마족들은 우리 딸들을 제거할 계획을 꾸미고 있었다.

"처음에 내가 아니라 쿠르스를 노린 이유는 뭔데?"

『너를 직접 노려봤자 피할 게 뻔하니까. 하지만 그 애송이를 노리면, 네가 틀림없이 끼어들 테지.』

그 노림수가 멋지게 적중했구나. 감쪽같이 당했다.

"……내 모습을 빼앗아서. 이제부터 뭘 어쩌려고?"

『그야 물론 네 딸들을 제거해야지.』

재도우는 잔인한 표정을 지었다.

『아버지 모습으로 접근한다면 그 아이들도 경계심을 품지 않을 테니까. 네 딸들이 방심했을 때 슥삭할 거다.』

"내 딸들이 너의 정체를 눈치챌 수도 있지 않나?"

『그럴 일은 없어.』

재도우는 즉시 부정했다.

『나는 몸을 빼앗은 시점에서 기억도 공유한다. 카이젤 클라이드로서 완벽하게 행동할 수 있다는 거지.』

꽤나 자신이 있는 것 같군.

『분명히 말해두는데, 넌 나를 쓰러뜨릴 수 없어. 그림자가 된 인간은 이 세계에 간섭할 수 없거든. 아무리 울고불고해봤자 소용없어. 아무도 네 이변을 눈치채지 못할 거다. 그러니까 넌 속수무책으로 지켜보기나 해. 자기가 애정을 쏟아부어 키운 딸들이, 자기 모습을 한 나에게 유린당하는 장면을.』

재도우는 소리 높여 웃었다. 내 모습을 하고서.

왕도로 돌아가자, 임무 달성을 보고하려고 모험가 길드로 향했다.

안나는 우연히 자리를 비운 것 같았다. 그 대신 모니카가 응대했다. 모니카의 가벼운 말을 능숙하게 받아내는 재도우의 대응은 확실히 나와 똑같았다.

실제로 모니카는 전혀 위화감을 느끼지 못한 듯했다.

그 후 모험가 길드에서 나온 재도우는 옆에 있는 나에게 말을 걸었다.

『어때? 완벽하지?』

"내 모습을 남의 시선으로 바라보는 건 신기한 감각이구나."

『위기인데도 여유로워 보이는군.』

"어차피 간섭할 수 없다면서? 초조하게 굴어봐야 얻을 것도 없고."

당황해봤자 소용없는 것이다.

"그나저나 완벽하게 나를 연기할 거라면, 오후에는 기사단 교관의 일을 해야 해. 농땡이 치지 마라."

『그야 물론이지. 괜히 농땡이 쳤다가 위화감이 생기면 안 되니까. 카이젤로서 완벽하게 행동해주마.』

재도우는 그렇게 말하더니.

『그리하여 네 딸들을 방심하게 만들고 숨통을 끊어줄 테다.』

기사단 교관으로 일하기 위해 연병장으로 향했다.

재도우의 모습을 본 기사들은 즉시 하던 훈련을 그만두고 일제히 기세 좋게 인사했다.

『흥. 너 제법 존경받고 있는 것 같구나.』

재도우가 나에게만 들리는 목소리로 속삭였다.

"아버님, 고생이 많으십니다."

기사단의 단장—— 엘자가 말을 걸었다.

은빛 머리카락을 휘날리는 세 자매 중 첫째 딸은 그 머리색과 같은 은빛 갑옷을 입고 있었다.

"임무를 수행하신 직후인데. 일을 부탁드려서 죄송합니다."

『아니, 이 정도는 별것 아니야.』

재도우는 나로서 대답했다.

"오늘도 지도 편달을 부탁드리겠습니다."

『그래.』

기사들은 각자 알아서 대련하고 있었다. 그러다가 결판이 나면, 서로 싸우던 기사들이 나한테 다가와 지도를 해 달라고 부탁했다.

"카이젤 님, 어떠셨나요?"

『응?』

"대련 장면을 보셨잖아요. 자, 지적을 해주시길 바랍니다!"

『으음, 그래…….』

재도우는 지적을 해나갔다. 그런데 지도를 받은 기사들은 묘하게 석연찮은 표정을 짓고 있었다.

"왠지 오늘따라 카이젤 님이 지도가 영 미적지근한 것 같은데."

"평소에는 정확하게 지적을 해주시는데, 오늘은 너무 추상적이야."

내 기억을 공유하고 있어도 지견까지 공유하는 것은 아닌 모양이다.

기사들의 움직임을 보고 어디를 개선할 필요가 있는지—— 그것을 적확하게 지적하지는 못하는 것 같았다.

기사들은 위화감을 느낀 것 같았지만, 아무리 그래도 내가 마족한테 몸을 빼앗겼을 거라고는 생각하지 못할 것이다.

"뭐, 그런 날도 있는 거지."

"날마다 격무에 시달리고 계시니까. 피곤하신가 봐."

결국 컨디션 난조라는 식으로 결론이 나버렸다.

『…………휴.』

재도우는 그걸 보고 안도한 표정을 지었다.

"아버님. 저의 대련 상대를 부탁드려도 될까요?"

그때 엘자가 말을 걸었다.

"다른 기사들과 대련하면, 제가 상대를 지도하게 되어버리니까요. 대등하거나 그 이상의 싸움을 할 수 있는 상대가 없습니다."

『그렇군. 알았어.』

나라면 이 상황에서 절대로 거절하지 않을 거라고 판단한 것이리라. 그는 엘자의 부탁을 흔쾌히 받아들였다.

재도우와 엘자는 서로 거리를 두고 마주 섰다.

『나는 카이젤의 육체를 가지고 있으니까. 가볍게 한 번 가지고 놀아볼까?』 하고 재도우는 입가를 일그러뜨리며 득의양양한 미소를 지었다.

"아버님, 그럼 한 수 배우겠습니다."

싸움의 막이 올랐다.

그 순간——엘자는 공격 범위 내로 확 뛰어들더니, 머리 위로 높이 치켜든 목검을 강하게 휘둘렀다. 갑옷의 무게가 전혀 느껴지지 않을 정도로 빠른 몸놀림이었다.

『어엇……?!』

반응이 좀 늦어진 재도우는 아슬아슬하게 공격을 막아냈다. 그 후에도 엘자의 맹공 앞에서 그는 그저 방어만 하느라 급급했다.

『뭐, 뭔가 이상하다……! 기억으로는 카이젤의 실력이 더 뛰어날 텐데……?! 왜 이렇게 속수무책인 거지……?!』

답은 간단하다.

재도우는 내 육체를 손에 넣었다.

하지만 그걸로 흉내 낼 수 있는 건 신체 능력뿐이다. 기술은 별개의 문제다. 꾸준한 훈련을 통해 몸에 익힌 기술은 하루아침에 흉내 낼 수 있는 것이 아니었다.

"우와! 엘자 단장님이 밀어붙이고 계셔!"

"이거 혹시 이변이 발생하는 거 아냐?!"

기사들은 엘자가 우세한 것을 보고 흥분했다.

"…………."

반면에 엘자는 침묵을 지키고 있었다. 왠지 표정이 어두워 보였다.

그 속마음을 알게 된 것은 잠시 후였다.

맹공을 퍼붓던 엘자는 갑자기 움직임을 멈췄다. 그리고 당황한 재도우를 똑바로 보면서 조용히 낮은 목소리로 질문을 던졌다.

"──당신은 누굽니까? 아버님이 아니잖아요?"

『……그, 그게 무슨 소리니?』

"시치미를 떼도 소용없습니다. 아버님의 검은 그렇게 나약한 검이 아니에요. 고작 제 실력으로 이렇게 일방적일 리가 없어요."

호흡 한 번. 이어서 엘자는 분명하게 고했다.

"저는 어릴 때부터 몇 번이나 검을 맞대봐서 확실히 압니다. 당신의 검은 아버님의 검과는 전혀 다릅니다. 겉모습은 흉내 냈어도 본질까지 파악하진 못했습니다. 아버님의 검은 훨씬 더 강하고, 아득히 높은 경지에 있습니다. 저로선 도저히 닿지 못할 정도지요. 그에 비하면 당신의 검은 기막히게 조잡한 흉내에 불과합니다. 누구인지는 몰라도, 당신은 저희 아버님의 모습을 흉내 내고 있습니다. 저는 이 사태를 간과할 수 없습니다."

엘자는 검을 들어 올려 재도우를 겨눴다.

"──자, 가짜. 정체를 밝히세요."

그 날카로운 눈빛은 확신에 차 있었다.

어릴 때부터 계속 대련을 해왔으니까. 엘자는 재도우의 전투 방식이 나와는 다르다는 사실을 금방 꿰뚫어 본 모양이다.

이제는 변명의 여지가 없다는 것을 깨달은 걸까.

『──쳇!』

재도우는 휙 돌아서 도주하기 시작했다.

"――앗! 멈추세요!"

그는 엘자의 추격을 뿌리치고 왕도의 거리 속으로 모습을 감췄다.

어두운 골목길을 달려가면서 재도우는 씹어 뱉듯이 말했다.

『완벽하게 행동한 줄 알았는데. 설마 고작 검술로 정체를 들킬 줄이야. 아버지의 검을 너무 신뢰하는 거 아냐?』

그건 그렇다. 옆에서 듣던 내가 다 부끄러울 정도였다.

『하는 수 없지. 저 녀석은 일단 포기하고 다른 녀석을 노려봐야겠다.』

그 후 엘자를 따돌린 재도우는 모험가 길드 근처에 와 있었다. 그때 그에게 말을 거는 사람이 있었다.

"아빠."

안나였다.

"이야기는 들었어. 임무를 신속하게 끝내고 왔다면서? 납치된 마을 사람들도 전원 무사히 구출한 것 같고. 역시 아빠는 굉장해."

『뭐, 이 정도는 별것 아니지.』

"마을 사람들한테 고맙다는 편지도 왔어. 카이젤 씨가 와주신 덕분에 무사히 마을의 평화를 되찾을 수 있었대."

『그래? 다행이구나.』

재도우와 안나는 평범하게 대화하고 있었다. 겉모습은 완전히

나 자신이니까. 현재로선 안나는 의심하지 않는 것 같았다.

"그러고 보니 기사단 일은? 벌써 끝났어?"

『……응? 으, 응.』

아무래도 엘자한테 정체를 간파당해서 죽을 뻔했다가 간신히 도망쳤다고 말할 수는 없으리라.

재도우는 적당히 맞장구를 쳤다.

안나 앞에서 재도우는 시커먼 미소를 짓고 있었다. 그리고 나한테만 들리는 목소리로 조그맣게 속삭였다.

『……마침 잘됐어. 둘째 녀석을 노려볼까. 사람이 없는 곳으로 끌어들여 단번에 해치워주마──.』

아마도 타깃을 안나로 변경한 모양이다. 재도우는 악행을 저지르려고 조용히 안나에게 같이 가자고 말하려고 했다.

『안나. 실은 할 말이 좀 있는데──.』

"아, 그래. 그럼 당장 일을 하나 더 부탁해도 돼?"

『──────뭐?』

그러나 말을 꺼내기도 전에 안나한테 기선 제압을 당해버렸다.

"지금 임무가 산더미같이 쌓여 있거든. 아무나 붙잡고 도와 달라고 하고 싶은 정도야. 아빠, 기사단 일이 끝나면 그다음에는 스케줄이 없다고 했잖아?"

『으, 응, 그랬지.』

"아아, 잘됐다. 그럼 아빠한테 부탁해도 돼?"

안나는 두 손을 모으고 귀엽게 재도우를 쳐다봤다.

“아빠라면 틀림없이 흔쾌히 응해줄 거라고 믿는데. 안 그래?”

『………….』

그것은 공교롭게도 재도우를 꼼짝 못 하게 만드는 한마디였다.

나라면 틀림없이 받아줄 것이다. 딸이 그렇게 생각한다는 것은, 여기서 거부하는 태도를 보였다간 의심받게 된다는 뜻이었다.

그래서 재도우는 고개를 끄덕일 수밖에 없었다.

『아, 알았어. 일은 받아줄게.』

“고마워! 덕분에 살았어!”

안나의 표정이 확 밝아졌다.

“그럼 당장 수속 하자.”

그를 모험가 길드로 끌고 가서 접수처에서 임무 수주 절차를 밟게 했다. 안나는 재도우 앞에 의뢰서를 늘어놓았다.

“자, 이거랑, 이거랑, 이거. 정확한 장소와 지도는 여기 있으니까——.”

『자, 잠깐만. 일 하나라고 하지 않았어? 내 눈에는 의뢰서가 몇 장이나 있는 것처럼 보이는데…….』

“에이, 이거는 아빠한테는 일 하나나 마찬가지잖아?”

안나는 찡긋 윙크하면서 그런 말을 했다.

“게다가 이 정도는 언제나 식은 죽 먹기로 해치우면서.”

『그, 그건 그렇지. 하하.』

재도우는 메마른 웃음을 지으며 말하더니.

『이 정도는 언제나 식은 죽 먹기라고……? 미친 거 아냐……?』

그렇게 욕을 했다.

그런 식으로 말하면 진짜로 이상한데? 하는 느낌도 들고.

"그럼 잘 부탁할게."

"카이젤 씨, 힘내세요!"

안나와 모니카의 전송을 받으면서 임무를 수행하러 가게 되었다.

『도, 도대체 어쩌다 이렇게 된 거지……?』

혼자가 되자마자 불쾌하다는 듯이 투덜거리는 재도우.

『나도 모르는 사이에 그 여자애의 손바닥 위에서 놀아나게 된 것 같은데. 더는 거절할 수 없는 상황이 됐다고. 젠장, 말재주가 보통이 아니야……..』

그래, 애초에 최연소 길드 마스터라는 지위는 거저 얻은 게 아니니까.

안나의 말재주는 아버지인 나조차도 전혀 당해내지 못할 정도였다.

『그나저나 그 계집애, 사람을 너무 험하게 부려먹는 거 아냐?』

나도 모르게 쓴웃음을 지었다.

글쎄, 그 점에 대해선 부정 못 하겠네.

재도우는 왕도 밖으로 나와 부지런히 임무를 수행했다.

토벌 대상인 마물과 마주치면 그놈을 확실하게 사냥했다.

내 몸을 충분히 잘 조종하진 못하고 있지만, 그래도 상대는 나보다 훨씬 더 수준이 낮은 마물이므로 쉽게 승리할 수 있었다.

아니, 그런데…….

"저기, 괜찮아? 마족인데 마물을 쓰러뜨리다니."

『임무를 제대로 수행하지 않으면 의심받을 거 아냐? 그 둘째 딸의 신뢰를 얻기 위해서는 어쩔 수 없어.』

재도우는 씹어 뱉듯이 말했다.

거참 기특한 마음가짐이구나. 의외로 근본은 성실한 녀석일지도 모르겠다.

『그나저나 일의 양이 너무 많지 않아? 이건 아무리 봐도 하루 노동량이 아니야.』

"오늘은 그나마 적은 편이야. 평소에는 그 외에도 공주님의 가정교사나 마법 학교 강사 일도 들어오거든."

『……뺏어놓고 이런 말을 하기도 뭐하지만, 너는 좀 더 자기 몸을 소중히 하는 게 좋겠어.』

이제는 마족도 나를 동정하는구나.

결국 재도우는 의뢰받은 임무를 세 개 연속으로 어찌어찌 해치우고, 헉헉 헥헥 힘겹게 숨을 몰아쉬면서 왕도로 귀환했다.

"고마워. 아빠 덕분에 간신히 처리할 수 있었어."

모험가 길드로 돌아와 임무 달성을 보고하자, 접수처에 있던 안나는 서류들을 책상 위에서 가지런히 모으면서 고맙다고 인사했다.

그 후 재도우의 모습을 보더니 위화감을 드러냈다.

"…………그런데 오늘따라 유독 피곤해 보이네?"

『아, 아냐.』

"그렇지? 하긴, 겨우 이 정도 임무로 아빠가 지칠 리가 없잖아."

『겨우 이 정도 임무라고?!』

재도우는 무의식중인 것처럼 소리를 질렀다.

『목적지도 다 제각각인 토벌 임무── 그것도 상위 랭크의 임무를 연달아 세 개나 수행한다는 것은, 아무리 생각해도 과한 중노동이잖아!』

"아, 그거야 다른 모험가한테는 그럴 수도 있겠지만. 아빠의 경우는 다르지. 아빠는 언제나 가볍게 해치우잖아."

안나는 그렇게 말하더니 위화감을 느낀 것 같았다.

"……역시 오늘은 아빠의 상태가 이상한 것 같아. 임무를 수행하러 가기 전에도 느꼈는데, 평소와는 행동이 좀 다르다고나 할까."

『……윽?!』

재도우의 안색이 변했다.

"그런 게 느껴져요?"

그때 모니카가 끼어들었다.

"제가 보기에는 평소와 똑같은 것 같은데요."

"나는 오랫동안 아빠를 지켜봤으니까. 아빠의 버릇이나 몸짓 같은 것은 전부 다 파악하고 있거든. 아, 신참인 모니카는 모르는 게 당연한가?"

"우와. 이상한 걸로 트집잡혔어."

"예를 들자면 지금 우리 아빠는 동요하고 있잖아? 평소의 아빠라면 동요했을 때 왼쪽 입꼬리가 아주 조금 씰룩거릴 거야. 다른 사람은 봐도 모를 정도로 아주 조금만. 그건 틀림없이 남에게 감정을 들키지 않도록 훈련해서 의식적으로 최소한으로 억누르고 있기 때문일 거야. 하지만 지금 우리 눈앞에 있는 아빠는 달라. 오른쪽 입꼬리가 씰룩거렸어. 그것도 평소보다 훨씬 더 심하게.”

용케 그걸 눈치챘구나. 나는 속으로 경탄했다. 안나의 말대로 나는 남에게 감정을 들키지 않으려고 의식적으로 그런 짓을 하고 있었다. 역시 대단한 통찰력이야.

“우와아……. 카이젤 씨에 대한 안나 씨의 애정이 너무너무 무거워…….”

안나의 무시무시한 관찰안—— 혹은 나에 대한 무시무시한 집착을 목격한 모니카는 겁에 질려 덜덜 떨었다.

『오, 오늘은 컨디션이 안 좋아서 그래.』

“……뭐, 아빠가 그렇게 말한다면 그런 것 같기도 하고.”

설마 내 육체를 마족이 빼앗았을 거라고는 상상도 못 했나 보다. 안나는 떨떠름한 태도를 보이면서도 일단 공격은 멈췄다.

재도우는 안도한 표정을 지었다. 그때 또 안나의 말이 끼어들었다.

“그런데 아빠. 오늘 밤 약속은 기억해?”

『약속?』

“오늘은 일이 다 끝나면 단둘이 식사하러 가기로 약속했잖아? 인기 있는 레스토랑을 한 달 전부터 예약했으니까.”

안나는 그렇게 말하더니 곁눈질로 이쪽을 흘겨봤다.

"나 기대하고 있었는데. 설마 잊어버린 것은 아니겠지?"

『아, 응. 당연히 기억하지.』

재도우는 당황하면서 적당히 맞장구를 쳤다.

"그럼 됐고. 아빠랑 단둘이 그런 시간을 보내는 것은 오랜만이니까. 정말 기대돼."

안나는 노래하는 듯한 말투로 그렇게 말하더니.

"아무튼 다행이야."

웃는 얼굴로 갑자기 조용히 중얼거렸다.

"내 눈이 잘못되지 않아서."

『──뭐라고?』

그 직후. 딱! 하고 손가락을 튕겼다.

그러자 모험가들이 재도우 주위를 에워쌌다.

『이, 이게 뭐 하는 짓이야?』

"역시 당신은 아빠가 아니야."

안나는 재도우를 응시하면서 고했다.

『아니, 이봐. 왜 그런 말을──.』

"왜냐하면 오늘 밤 식사 약속 따윈 하지 않았거든."

태연하게 대꾸하더니 이런 말을 덧붙였다.

"애초에 아빠는 내가 레스토랑에 같이 가자고 해도, 엘자와 메릴도 데려가려고 할 거야."

『쳇……! 함정이었구나……?!』

"그냥 한번 가볍게 떠봤는데, 그게 정답이었나 봐. 설마 이렇게 까지 멋지게 성공할 줄은 몰랐지만."

"그나저나" 하고 한 박자 뜸을 들이다가 말을 이었다.

"아빠의 모습으로 변신한 건지…… 아, 아니다. 사소한 동작 외에는 완벽하게 아빠 그 자체였으니까, 누군가가 아빠의 몸을 빼앗았을 가능성도 있겠구나. 그렇다면 아빠가 남한테 질 리는 없으니까 우연히 허점을 찔린 걸까? 아니면 남을 지키려고 하다가 대신 공격을 당했거나. 응, 아마도 그런 거겠지."

정답이었다.

마치 그 장면을 보고 온 것처럼 정확한 추측이었다. 역시 안나의 사고력은 뛰어나구나.

"뭐, 어쨌든 붙잡아서 자세히 캐물으면 되겠지."

『——쳇!』

재도우는 위기를 감지하고 그 자리에서 도망치려고 했다.

"놓치지 마!"

안나의 지시에 따라 그를 막으려고 하는 모험가들—— 그러나 재도우는 그 포위망을 너무나 쉽게 돌파했다.

""으아아아아아악?!""

바람 마법에 휘말려 날아간 모험가들이 도미노처럼 쓰러진다. 포위망이 무너진 부분을 통해 재도우는 모험가 길드 밖으로 뛰쳐나갔다.

"……놓쳤구나. 하긴, 아빠의 몸을 빼앗은 녀석이니까."

안나가 손톱을 물어뜯으며 분하다는 듯이 중얼거렸다.

재도우는 추적자를 따돌린 후 골목의 벽을 짚으면서 거칠게 숨을 쉬었다.

『……첫째만 그런 게 아니라 둘째한테도 정체를 들키다니. 이건 말도 안 돼. 이 몸의 행동은 완벽했을 텐데.』

"그건 그래. 내가 보기에도 흠잡을 데가 없었어."

『그렇지?! 너도 그렇게 생각하지?!』

그러나 엘자와 안나는 내 모습을 한 재도우의 행동을 보고 위화감을 느꼈다. 그리고 멋지게 그 정체를 간파했다.

사람은 자기 자신을 의외로 모르는 법이구나. 나보다는 우리 딸들이 내 행동을 더 잘 알고 있다는 뜻이리라.

"이봐. 여기까지 왔으면 그냥 포기하지 그래?"

나는 재도우에게 그렇게 말을 걸었다.

"엘자와 안나에게 정체를 들킨 시점에서 이미 계획은 끝장난 거야. 너를 경계하게 된 두 사람을 기습하는 것은 더 이상 불가능하다고 봐도 돼.

게다가 그 둘은 왕도 전체에서 영향력이 있는 인물이야. 지금쯤 정예들을 모아서, 너를 체포하기 위한 부대를 편성하고 있을 거다.

그러면 더 이상 너에게는 승산이 없어. 아무리 내 신체를 손에 넣었어도, 왕도 전체의 전력과 맞서 싸울 수는 없으니까. 체크메이트다."

『아니, 아직 안 끝났어!』

재도우가 소리를 질렀다.

『아직 셋째 딸이 남아 있잖아! 그 녀석 하나라도 해치운다면, 우리 마족한테는 충분한 수확이 될 거야! 이렇게 된 이상 그걸로 만족해야겠다!』

"메릴을 속여서 기습하려고?"

나는 기가 막혔다.

"그건 엘자나 안나보다도 더 어려울 텐데……."

『아니! 나라면 할 수 있어! 당연히 할 수 있고말고! 못 할 리가 없다! 왜냐하면 이 몸은 마음만 먹으면 뭐든지 할 수 있는 마족이니까!』

자기 최면을 거는 것처럼 그렇게 외치는 재도우. 귀기가 넘치는 모습이었다.

『……셋째 딸을 해치워서, 지금까지 나를 바보 취급했던 마족들의 코를 납작하게 해줄 거다. 반드시 혼쭐을 내줄 거야. 좋아, 단번에 역전하는 거다!』

어쩌면 재도우는 마족 중에서는 지위가 낮은 편일지도 모른다. 그래서 필사적으로 공을 세우려고 하는 걸지도 모른다.

하지만.

"단번에 역전하겠다고? 살면서 그런 일은 있을 수 없어. 올라가고 싶다면 결국 꾸준히 노력하면서 한 발짝씩 앞으로 가야 해."

『시끄러워! 인간한테는 없어도 마족한테는 있을 수 있어! 아니, 애당초 그림자 주제에 이 몸한테 설교하지 마! 이봐, 좀 더 당황해! 목숨을 구걸하란 말이야!』

멀리서 보면 내 모습을 한 재도우가 혼자 허공을 향해 소리를 지르는 장면. 즉, 누가 보면 십중팔구 헉! 하고 경악할 만한 장면을 이렇게 연출하고 있을 때였다.

『……호랑이도 제 말 하면 온다더니, 호박이 알아서 넝쿨째 굴러들어 오는구나.』

재도우는 시야의 가장자리에 언뜻 들어온 대상을 향해 눈을 돌렸다.

나도 그 시선을 좇았다.

길의 저쪽 맞은편에서 메릴이 걸어오고 있었다. 마법 학교 교복 차림이었다. 그 옆에는 친구인 폴라도 있었다.

마법 학교 수업을 마치고 귀가하는 도중인 것 같았다.

"흐응흐─응♪"

『저거 봐라, 태평하기 짝이 없는 저 멍청한 얼굴을. 내 정체는 절대로 눈치 못 챌 테지.』

재도우는 코웃음을 치면서 말했다.

『……하지만 한 명 더 있는 게 문제구나. 우선 저 친구란 녀석을 불러내서 무력화한 다음에 셋째 딸을 해치워야겠다.』

그는 골목에서 빠져나가 메릴 앞에 모습을 드러냈다. 그리고 말을 걸었다.

『메릴.』

"어? 아빠♪"

메릴은 내 모습을 보자마자 표정이 확 밝아졌다.

"왜 이런 곳에 있어? 아, 혹시 나를 마중하러 나온 거야? 오늘은 강사 일은 없었잖아. 그래서 내가 너무너무 보고 싶어진 거구나?"

『뭐, 그런 거지.』

"아이참—! 아빠는 나를 너무 좋아한다니까—♪"

몸을 꼬물꼬물 움직이면서 기뻐하는 메릴.

"응, 나도 당연히 아빠 보고 싶었어♪"

"카이젤 선생님. 안녕하세요?"

폴라가 고개를 꾸벅 숙이며 인사했다. 여전히 예의 바른 아이구나.

『응. 안녕?』

재도우는 그렇게 대꾸하더니.

『폴라, 실은 중요한 할 말이 있는데. 잠깐 시간 있니?』

"저에게 하실 말씀이요?"

『응.』

"알겠습니다."

폴라는 쉽게 넘어왔다. 전혀 경계하지 않는 눈치였다. 신용하고 있는 것이리라.

재도우는 엷은 미소를 지었다.

『여기서는 좀 그러니까 다른 데 가서 이야기할까? 메릴, 넌 여기서 기다려줘.』

재도우가 두 사람을 갈라놓으려고 했다.

그러나.

"뭐―? 싫어, 나도 듣고 싶어."

메릴이 물고 늘어졌다.

"나도 같이 있어도 돼?"

『아니, 그건 좀……..』

"흐―응? 폴라한테는 말할 수 있는데 나한테는 말할 수 없는 게 있구나?"

재도우를 흘겨보는 메릴. 불신의 눈빛이었다.

"나랑 아빠는 일심동체잖아? 계속 같이 있어야 하는 거잖아, 응? 아니면 뭐야, 켕기는 거라도 있어?"

눈동자의 밝은 빛이 사라졌다.

기묘한 박력을 뿜어내기 시작했다.

『……뭐, 뭐야, 갑자기 왜……? 눈빛이 달라졌잖아……?!』

재도우는 메릴의 무서운 모습을 보고 당황하여 어쩔 줄 몰랐다.

『메릴. 아빠를 곤란하게 하지 말아줘..』

그러더니 메릴의 머리를 쓰다듬었다. 회유하려고 하는 것이리라. 그러나 결과적으로는 그 행위가 지뢰를 밟아버렸다.

"――응?"

메릴은 돌연 어리둥절한 표정을 짓더니.

"――어라? 당신. 아빠 아니지?"

아무렇지도 않게 그런 말을 중얼거렸다.

『아, 아니, 그게 무슨 말이니? 어딜 봐도 나는 네 아빠잖니…….』

재도우는 동요를 드러내지 않으려고 애쓰면서 말했다.

그러나 상당히 동요했다는 것이 느껴졌다.

"응. 확실히 겉모습은 그런데. 알맹이가 안 그렇다고 해야 하나. 육체는 아빠인데 영혼은 아빠가 아닌 것 같아."

메릴은 그렇게 말했다.

정확하게 꿰뚫어 봤다. 일류 마법사로서 뭔가 감지한 걸지도 모른다.

"아빠의 기척은 이쪽에서 느껴져."

이어서 내가 서 있는 곳을 돌아봤다.

오?

메릴은 분명 이쪽을 보고 있었다.

『──이, 이 자식…… 카이젤의 본체를 눈치챈 건가? 그림자가 된 사람은 아무한테도 인지되지 않을 텐데……!』

재도우는 전전긍긍하고 있었다.

"으응──. 그런데 이게 어떻게 된 걸까?"

메릴은 입가에 손가락을 대고 이 이상한 상황에 대해 의아해하고 있었다. 그런데 그때.

"아! 찾았다!"

길모퉁이에서 나타난 안나가 재도우의 모습을 발견하고 소리를 질렀다.

그 옆에는 엘자도 있었다.

그리고 뒤에는 기사들과 모험가들도 있었다.

"다들 무슨 일이야? 엄청 많이 모였네. 소풍 가는 거야?"

"메릴! 아빠처럼 생긴 그 녀석 안에는 아빠가 아닌 녀석이 숨어 있어! 아빠의 몸을 빼앗아 악행을 저지르려 하고 있어! 빨리 붙잡아줘!"

"아! ——그렇구나."

방금 그 설명을 듣고 메릴은 이해한 것 같았다. 사냥감을 노리는 고양이처럼 눈을 가늘게 뜨더니 혀를 살짝 내밀어 날름거렸다.

세 자매와 추격자들은 재도우를 둥글게 포위했다.

사면초가의 상황.

절망적인 것처럼 보였는데, 이때 재도우가 비장의 카드를 꺼냈다.

『——움직이지 마!』

재도우는 허리에 차고 있던 검을 뽑아서 자기 목에 가져다 댔다.

그리고 계속 절박한 표정으로 소리를 질렀다.

『한 발짝이라도 움직이기만 해봐! 네놈들이 좋아하는 이 아비의 목을 베어주마!』

"""""——?!"""""

그 순간 딸들의 표정이 굳어졌다. 내디디려고 하던 발이 멈췄다. 온몸이 가위에 눌린 것처럼 제자리에서 꼼짝도 못 하게 되었다.

교착 상태.

딸들의 반응을 본 재도우는 히죽 웃었다.

『하하. 처음부터 이렇게 하면 됐을 텐데. 카이젤의 몸을 가장 효율적으로 사용하는 방법은 인질로 삼는 거였군.』

"……아버님은 어디 계십니까."

『그 녀석이라면 바로 옆에 있는데? 이 몸의 그림자로서.』

재도우는 득의양양하게 말했다.

"……그림자?"

『그래. 이 몸에게 육체를 빼앗긴 인간은 그림자가 되어서 이 세상에 간섭할 힘을 잃는다. 그리고 본체인 이 몸의 지배하에 놓이게 되지. 그림자는 본체한테 절대복종하게 되어 있어. 내가 스스로 이 육체를 포기하지 않는 한, 그림자는 자기 의지로는 자기 육체로 되돌아갈 수 없다. 그리고 내가 카이젤의 육체를 가지고 이대로 자해를 하더라도, 죽는 것은 카이젤이고 나 자신은 멀쩡해. 요컨대 나는 망설임 없이 자신에게 칼을 들이댈 수 있다는 뜻이다.』

"하지만 당신이 자해하면 비장의 카드가 없어지잖아. 그러면 그 후에는 우리한테 속수무책으로 당할 텐데."

『흠, 그럴 수도 있지. 하지만 그래도 카이젤을 처치한다면 그건 큰 수확이야. 너희 세 자매의 정신적 지주가 아버지란 것은 이미 다 파악했으니까. 카이젤을 해치운다면 너희들의 마음을 무너뜨릴 수 있을 테지.』

"그건 그럴지도 몰라" 하고 안나는 그것 자체는 인정했다.

“하지만 딱 하나. 당신이 크게 착각하고 있는 것이 있어.”

“뭐?”

“우리 아빠가 계속 지배당하기만 할 리가 없잖아.”

“그렇지”라고 내가 대꾸했다. 나는 재도우 옆에 서 있었다. 내가 뻗은 손은 재도우의 손에 들린 검을 붙잡고 있었다.

『아닛——?!』

재도우는 경악하여 눈을 부릅떴다.

『이게 무슨?! 뭐야, 대체 어떻게 몸에 간섭하는 거야……?!』

“너의 지배를 깨뜨려서 그런 게 아닐까?”

나는 그렇게 말했다.

『크윽…… 몸이, 안 움직여……!』

자기 자신에게 칼날을 들이대려고 했지만, 칼자루를 쥔 손은 내 힘으로 봉인되어 꼼짝도 하지 않았다. 그것이야말로 내가 지배를 깨뜨렸다는 가장 큰 증거였다.

“솔직히 고백하자면, 몸을 빼앗기고 나서 이 왕도로 돌아온 지 얼마 후부터는 간섭할 수 있는 상태였어.”

『그럴 리가?! 그럼 왜 지금까지 가만히 있었던 거냐?!』

“지배되는 척하는 것이 더 낫잖아? 네가 방심해서 이것저것 이야기할 테니까. 게다가, 네가 나로서 일을 해줬으니까 말이지. 모처럼 좋은 기회잖아. 가끔은 느긋하게 휴식을 취하는 것도 나쁘진 않겠다 싶었어.”

물론 내 딸이 위험해진다면 즉시 나서서 이놈을 막을 생각이었지만. 재도우의 힘을 보니 그럴 걱정은 없겠다고 판단했다.

『이, 이 몸이, 네 손바닥 위에서 놀아났다고……?』

내가 검을 빼앗자, 재도우는 그 자리에 털썩 무릎을 꿇고 고개를 숙였다. 더 이상 승산이 없다고 판단한 것이리라. 저항하려는 의지는 보이지 않았다.

"그림자로서 자기 모습을 보는 것은 의외로 재미있었어."

그렇게 말한 뒤 나는 재도우한테서 빼앗은 검의 칼끝으로 그를 겨누면서 고했다.

"자, 이제 내 몸을 돌려받으마."

그리하여 무사히 몸을 되찾을 수 있었다.

재도우를 내 몸에서 쫓아내고, 튀어나온 그놈의 본체를 처리했다. 허탈할 정도로 손쉬운 작업이었다.

결국 남에게 기생하면서 살아가야 하는 개체니까.

본인은 실력이 전혀 없었다.

이번 사건에서 나는 두 가지 오판을 했다.

하나는 우리 딸들이 나로 변신한 재도우의 정체를 눈치챘다는 것.

엘자도 안나도 메릴도 내 모습을 한 재도우에게 속아 넘어가지 않고, 그놈이 가짜란 것을 쉽게 간파했다.

이것은 기분 좋은 오판이었다.

그리고 또 하나는———.

재도우가 나 대신 일을 해줬어도, 결국 내 육체를 사용했다는 점은 똑같다는 것.

무사히 원래 육체를 되찾았을 때 나는 평소보다 더 심한 피로를 느꼈다. 재도우가 억지로 조종해서 그런 것도 있겠지만.

……이럴 줄 알았으면 그냥 빨리 내 육체를 되찾을걸.

"아빠, 오늘은 우리가 저녁상을 차려줄게."

어느 날 아침.

안나가 나에게 그런 말을 했다.

"갑자기 왜?"

"언제나 아빠가 우리를 위해 상을 차려주잖아. 그러니까 가끔은 우리가 차려드려야겠다는 생각이 들어서. 마침 나도 엘자도 메릴도 쉬는 날이니까, 다 같이 요리를 해보기로 한 거야. 그렇지?"

안나가 묻자, 엘자가 고개를 끄덕거렸다.

"아버님은 일을 하고 돌아오신 후에도 집안일까지 전부 다 해주시잖아요. 가끔은 편하게 휴식을 취하셨으면 좋겠어요."

"우리의 애정이 듬뿍 들어간 집밥을 먹으면서 말이지♪"

아무래도 자기들끼리 미리 합의를 본 것 같았다.

그런 마음 씀씀이는 고마웠다.

그런데 솔직히 말하자면 집안일을 하는 것은 전혀 괴롭지 않았다. 요리는 특히 더 그랬다. 맛있게 먹어주는 가족들의 모습을 상상하면서 요리를 하는 것은 즐거웠다.

하지만 다들 모처럼 이렇게 말해주니까.

"응, 고마워. 그럼 그렇게 해볼까."

나는 그들의 제안을 받아들이기로 했다.

"그런데 진짜 괜찮아? 너희 셋 다 평소에 요리는 안 해봤잖아."

“저기, 아빠. 우리도 벌써 열여덟 살이거든? 요리 정도는 식은 죽 먹기야. 그리고 검성과 길드 마스터와 현자가 다 모이면 불가능한 일은 아무것도 없어. 아빠 혀에서 살살 녹는 음식을 만드는 것도 물론 가능하고.”

“글쎄, 그런 직함들이 요리랑 상관이 있나……?”

불안하다.

“아버님께 드릴 음식이니까요. 사투에 임하는 듯한 각오로 노력하겠습니다.”

“아니, 좀 더 편한 마음으로 요리해.”

불안하다.

“내가 있으니까 괜찮아. 아빠는 마음 푹 놓고 있어도 돼♪”

“……그, 그래?”

불안하다.

아니, 당사자인 딸들이 이렇게 말하잖아. 여기선 순순히 믿고 맡겨보자.

아무튼 이제 슬슬 집에서 나가지 않으면 가정교사 수업에 늦을 것이다.

“응, 그럼 다녀올게.”

“다녀오세요.”

“조심해서 다녀와.”

“굿바이 뽀뽀 공격~♪ 쪽♪”

나는 딸들의 인사를 받으면서 집을 나섰다.

손을 흔드는 엘자와 안나, 뽀뽀를 날리는 메릴. 그들에게 손을
흔든 후 현관문을 열고 밖으로 발을 내디뎠다.

그리고 생각했다.

……역시 불안하다.

아버지를 떠나보낸 후 세 딸은 시장으로 갔다.

요리 재료를 사기 위해서였다.

"오늘 밤에는 무슨 음식을 만들 거예요?"

"스튜랑 애플파이."

"아버님의 특기이자 우리가 좋아하는 음식이네요."

"아빠가 만든 스튜와 파이는 진짜 맛있단 말이지. 나는 그 두
개라면 매일 밥상에 올라와도 질리지 않고 먹을 수 있어."

"우리가 스튜와 파이를 만들면 아빠도 틀림없이 기뻐할 거야.
너희들도 참 훌륭하게 컸구나! 하고 칭찬할걸? 확실해."

안나는 그렇게 말하더니 가슴 앞에 손을 올리고 주먹을 꽉 쥐
었다.

"성장한 우리의 모습을 아빠에게 보여드리자."

"좋습니다."

"셋이 힘을 합쳐 열심히 해보자—!"

단결하는 세 딸.

"그런데 레시피는 알아요?"

"아니?"

“……네?”

“어쩔 수 없잖아? 언제나 아빠가 처음부터 끝까지 다 혼자 만드시니까. 우리는 밥상에 올라온 음식을 맛있게 먹기만 했잖아.”

““………….””

그곳에 침묵이 내려앉았다.

“저, 지금이라도 늦지 않았으니, 아버님께 여쭤보는 것이 낫지 않을…….”

“안 돼! 그렇게까지 잘난 척을 해놨는데 이제 와서 아빠한테 의지할 수는 없어! 게다가 일을 방해할 수는 없잖아. 우리끼리 어떻게든 해보자.”

그러더니 안나는 말을 이었다.

“걱정하지 마. 재료는 대충 알고 있고, 만드는 방법은 요리책에 실려 있을 테니까. 우리는 책에 있는 레시피를 그대로 따라 하기만 하면 돼.”

“글쎄요, 그렇게 하면 아버님의 스튜에 사용되는 비법은 모를 텐데……. 그것과 똑같은 음식을 만들 수는 없잖아요?”

“에이, 뭐 어때. 아빠가 만드는 음식을 그냥 똑같이 만들기만 하는 것도 재미없잖아? 이왕이면 우리는 우리만의 오리지널 스튜를 만들자, 응?”

“아, 그, 그래요……?”

“좋은데—? 아빠를 깜짝 놀라게 하는 거야—.”

“아무튼 일단 재료부터 사자.”

안나가 선도하는 형태로 시장을 둘러봤다.

시장은 사람들이 많아서 북적북적했다. 좌우에 온갖 노점들이 줄줄이 자리를 잡고 있었다. 실수로 헤어지지 않도록 세 사람은 서로 딱 붙어 걸었다.

그러다가 채소들이 진열된 가게 앞에서 걸음을 멈췄다.

"아이고 손님, 좀 보고 가! 싱싱한 채소가 들어왔어!"

수염 난 가게 주인이 기운차게 손님을 불렀다.

"스튜 재료를 사러 왔는데."

안나가 그렇게 말하자.

"아, 그러면 감자랑 양파랑 당근이랑 브로콜리를 추천할게. 전부 다 정성을 들여 키운 신선한 채소들이야."

"브로콜리는 필요 없어요—."

메릴이 가슴 앞에서 양팔을 엑스 자로 교차시키면서 말했다.

"어휴, 너 편식하지 마."

안나가 나무라듯이 말했다.

"브로콜리는 영양도 풍부하고 맛있잖아?"

"아냐, 그건 그냥 숲이야. 초록이 아주 무성하잖아. 귀엽지도 않고. 내 스튜에는 그런 것은 넣어줄 수 없어. 추방합니다—."

"브로콜리는 단백질이 풍부하게 들어 있어서, 트레이닝 후에 섭취하면 근육 증강에도 도움이 됩니다."

"난 별로 울룩불룩한 근육질이 되고 싶진 않거든?"

그러더니 메릴은 이어서 말했다.

"이왕이면 좀 더 맛있는 것을 넣고 싶어. 마시멜로 같은 거."

"스튜에 그런 재료는 어울리지 않는다고 생각하는데요……."

엘자가 냉정하게 지적했다.

"아니, 하지만 엘자도 단것은 좋아하잖아? 괜찮지 않아? 좋아하는 것 속에 좋아하는 것이 들어 있으면 저절로 기분이 좋아지지 않아?"

"스튜에 마시멜로가 들어 있으면 오히려 기분이 안 좋아질 거예요……."

그렇게 대화하는 두 사람을 내버려둔 채 안나는 가게 주인에게 물었다.

"일단 브로콜리를 제외한 나머지 채소들을 살게. 얼마야?"

"이 정도야."

주인이 가격을 제시했다.

"으음. 좀 더 깎아주면 안 돼?"

안나는 그렇게 말하더니.

"자, 이 정도는 어때?"

손가락을 펼쳐 원하는 금액을 제시했다.

그것은 주인이 제시한 가격의 절반쯤 되는 금액이었다.

"아니, 이봐. 그건 말도 안 되잖아. 나도 장사는 해야지."

"아, 모양새는 멀쩡하지 않아도 돼. 이 못생긴 녀석도 괜찮으니까. 이런 것은 진열해도 인기가 없어서 잘 안 팔리잖아? 어차피 남을 거면, 그냥 내가 제시한 가격으로라도 팔아버리는 게 이

득일 텐데. 안 그래?”

“……윽.”

“더구나 오늘은 이따가 비가 올 거라는 예보도 있었잖아? 비가 오면 손님도 안 올 텐데. 지금 가능한 한 많이 팔아두고 싶지 않아?”

“……흠, 그래. 댁은 요점을 잘 파악하는구나. 좋아, 그럼 협상을 해볼까. 우리 둘 다 만족할 만한 타협안을 찾아보자고.”

“후후. 응, 바라던 바야.”

그 후 주인과 안나는 뜨거운 설전을 벌였다.

그리고 거침없는 협상 끝에 최종적으로 안나는 맨 처음 제시됐던 금액보다도 훨씬 더 저렴한 가격으로 상품을 구매했다.

“휴. 쇼핑 한번 잘했다.”

이마의 땀을 닦는 안나의 표정은 만족감으로 가득 차 있었다.

“다음은 고기를 살 차례야.”

“또 깎을 거야?”

“당연하지.”

“안나, 슬슬 그만하는 게…….”

“무슨 소리야? 가격을 깎을 수 있는 건 깎아야지. 절약 정신은 중요한 거야. 한 번이라도 생활 수준을 높여버리면 그 후에는 낮출 수 없거든?”

그러더니 안나는 이야기를 계속했다.

“사실 쇼핑에서 제일 재미있는 부분이 가격 흥정이잖아? 자신이 원하는 것과 상대가 원하는 것. 그 둘의 절충안을 찾아가는 과정은 진짜 전투나 마찬가지야. 아아, 너무 짜릿하다니까.”

“그건 절약을 위한 게 아니라, 그냥 안나의 못된 습관인 것 같은데?”

“자, 계속 쇼핑하러 가자.”

안나는 두 사람을 데리고 의기양양하게 시장을 돌아다녔다.

스튜와 애플파이의 재료를 가장 저렴하게 사기 위해, 노점에 들를 때마다 가게 주인들과 차례차례 협상 전투를 벌여 나갔다.

그 전투가 너무나 치열해서 슬슬 구경꾼들이 모이기 시작했다.

“야, 저거 봐. 가격 흥정을 하고 있어.”

“굉장한데? 저 정도면 완전히 바가지잖아.”

“하지만 의외로 접전이야.”

“누나, 힘내—!”

구경꾼들은 안나와 가게 주인의 협상 전투를 보면서 성원을 보내고 있었다.

“안나가 주목받고 있잖아. 부러워—.”

한편 메릴은 안나의 모습을 보면서 그저 부러워하고 있었다. 천성적으로 남한테 주목받는 것을 좋아하는 연예인의 피가 끓어오르는 것 같았다.

“나도 질 수 없지. 엘자, 이것 좀 맡아줘.”

“네?”

메릴은 품에 안고 있던 채소들을 엘자에게 떠넘겼다. 그리고

구경꾼들의 이목을 끌기 위해 즉석에서 길거리 공연을 하기 시작
했다.

"오, 잘한다, 잘해—!"

"와, 재미있다—!"

"후훗. 그렇지—? 자, 다들 안나 말고 나를 봐줘—♪"

안나와 메릴이 사람들의 시선을 끌어모으는 가운데.

"아아, 너무 부끄러워……."

엘자 혼자만 얼굴이 빨개져 있었다.

결국 안나의 경이로운 협상 기술 덕분에 저렴하게 요리 재료들
을 모을 수 있었다. 메릴이 길거리 공연으로 번 돈까지 합치면 지
출보다도 수입이 더 많았다.

무사히 재료는 모았다. 이제는 실제로 요리만 하면 된다.

집에 돌아온 세 사람은 앞치마를 걸치고 부엌에 섰다.

테이블 위에는 음식 재료들이 준비되어 있었고 요리책도 펼쳐
져 있었다.

"자, 그럼 당장 시작해볼까."

안나가 주도적으로 말을 꺼냈다.

"그런데 혹시 이 중에서 자취 경험이 있는 사람, 있어?"

"기사단 기숙사에서는 식사는 삼시 세끼 전부 다 제공하거든요.
그래서 부끄럽지만, 저 자신이 요리를 해본 적은 없어요……."

"나도 마법 학교 기숙사에서 남이 해주는 밥을 먹었어. 그리고

일주일에 한 번씩은 아빠가 해주는 집밥을 먹으려고 고향에 돌아가기도 했고.”

“응, 둘 다 전혀 경험이 없다는 거구나.”

“그러는 안나는 어때요? 아버님이 왕도에 오시기 전까지는 모험가 길드 근처의 공동주택에서 혼자 살았잖아요?”

“맞아, 그럼 요리도 해본 거 아냐?”

“아니, 하나도 안 해봤어. 너무 바빠서 자취할 시간 따윈 전혀 없었거든. 내내 만들어진 요리만 사다 먹었어.”

“우와. 초라한 식생활이었구나―.”

“지금 나랑 싸우자는 거야?”

“저기, 진정해요…….”

엘자가 두 사람을 달랬다.

“아, 뭐야. 결국 아무도 요리를 해본 경험이 없다는 거네.”

“이건 냉정하게 생각해보면, 다 큰 여자로서 뭔가 문제가 있는 게 아닐까요……?”

“이제는 그런 시대가 아니잖아? 그리고 우리는 괜찮아. 왕도 최강의 세 자매가 힘을 합치면 불가능한 일은 없으니까. 설령 한 번도 자취를 해보지 않았어도, 멋지게 맛있는 음식을 완성할 수 있을 거야.”

안나가 그렇게 말하자, 엘자와 메릴은 그 자신만만한 말투에 감탄하여 “오오……” 하고 탄성을 질렀다.

“자, 각자 일을 분담하자. 엘자, 당신은 채소와 과일을 썰어줄래? 여기 식칼과 도마가 있으니까.”

“맡겨주세요. 칼질은 특기니까요.”

“나는 스튜의 루를 만들게.”

“그럼 나는—?”

“메릴은, 아, 그래. 파이 생지를 만들어줘. 만드는 방법은 요리 책에 적혀 있으니까. 그대로 따라 하면 될 거야.”

“알았어!”

세 자매는 각자 맡은 일을 하기 시작했다.

작업을 시작하고 나서 잠시 후.

“——헉?!”

안나가 비명을 질렀다.

“왜 그래요?”

엘자가 그렇게 물었더니.

“이 요리책 좀 봐! 재료와 조리 공정은 적혀 있는데, 버터와 밀 가루를 얼마나 넣어야 하는지는 정확히 안 적혀 있어!”

안나가 펼쳐놓은 요리책 페이지를 가리켰다.

엘자는 그것을 들여다보고 말했다.

“두 컵에서 두 컵 반 정도라고 적혀 있는데요. 그대로 하면 되지 않아요?”

“두 컵에서 두 컵 반 정도라니, 그게 뭔데?! 어느 쪽이야?! 정확히 말하란 말이야!”

안나가 포효했다.

“그리고 마무리로 넣는 소금과 후추! 적당량이라니, 이렇게 적어놓으면 어떻게 알아?! 소금 몇 알, 후추 몇 알이라고 잘 적어놔야 할 거 아냐?!”

“와, 무섭다…….”

“정확성의 귀신에 들린 것 같네요…….”

메릴과 엘자는 그 분노를 보면서 전율했다.

“아니, 그나저나—— 엘자!”

“아, 네?”

“채소만 써는 게 아니라 도마까지 썰어버리면 어떡해?!”

엘자 앞에 놓여 있는 도마는 두 동강이 나 있었다.

“그, 그게 말이죠. 식칼로 썰다 보니 어느새 이렇게 되어 있더라고요. 저는 전혀 힘을 주지 않았다고 생각하는데…….”

“채소도 가루가 될 정도로 파괴됐잖아. 대체 어쩌다 이렇게 된 거야?”

“만물에는 반드시 급소가 있거든요. 그 부분을 베면 확실하게 해치울 수 있습니다. 그래서 채소의 급소를 베었더니 산산이 부서져버렸어요.”

“채소는 그냥 평범하게 썰어줘…….”

“직업병이구나—.”

메릴은 아하하 하고 태평하게 웃었다.

그러자 안나의 날카로운 안광이 그쪽으로 발사됐다.

“……그나저나 메릴. 당신에게는 파이 생지를 만들어 달라고

부탁했을 텐데? 왜 그릇이 텅 비어 있는 거야?"

"처음에는 나도 성실하게 만들었어. 그런데 중간에 맛을 봤더니 생각보다 더 맛있더라고. 그래서 조금씩 먹다 보니 다 없어졌어."

메릴은 "에헷♪" 하고 혀를 쏙 내밀었다.

분명히 파이 생지를 만들고 있었던 그릇은 어느새 안이 텅 비어 있었다.

"……이거 아무래도 배치를 바꿀 필요가 있겠다."

안나는 관자놀이를 누르면서 말했다.

"메릴은 스튜 루를 만들어줘. 그건 중간에 집어 먹을 수 없으니까. 그리고 엘자는 파이 생지를 만들어줘."

"알겠습니다!"

"이번에야말로 나한테 맡겨줘!"

"나는 채소를 썰게. 우선 껍질부터 벗겨야겠지?"

배치를 바꾼 후 안나는 도마 위에 있는 당근을 집어 들었다. 그리고 다른 손으로는 필러를 붙잡고 껍질을 벗기기 시작했다.

"안나라면 안심할 수 있겠네―."

"그러게요. 우리는 자기 일에 집중합시다."

엘자와 메릴은 각자 자기 일자리로 갔다.

그리고 잠시 후.

"아야아아아아앗?!"

돌연 비명이 울려 퍼졌다.

"뭐야, 왜?!"

“무슨 일이죠?!”

“소, 손가락, 베었어…….”

안나는 울먹이면서 왼손을 들어 보여줬다.

손가락에 붉은 선이 그어져 있었다.

아마도 필러를 다루다가 실수했나 보다.

“안나가 저런 실수를 하다니, 신기하네요.”

“——아니야! 이거 봐, 엘자! 안나가 썬 채소들을 보라고! 엄청나게 못생겼어! 모양도 다 제각각이고 껍질도 남아 있어!”

메릴이 그렇게 지적했다.

“그러고 보니 벗겨낸 껍질도 너무 두꺼워요.”

“그러니까 이건 그냥 좀 부주의해서 손가락을 벤 게 아니야! 애초에 안나는 채소 손질을 절망적으로 못하는 거라고!”

“뭐라고요?!”

엘자는 놀라서 소리를 질렀다.

“아니, 안나는 뭐든지 다 할 줄 아는 아이잖아요. 그럴 리가…….”

“마, 맞아. 방금은 그냥 좀 실수한 거야. 이 정도는 할 수 있어.”

“그럼 다시 한번 껍질을 벗겨봐.”

“좋아, 얼마든지.”

안나는 “할 수 있어. 나는 반드시 해낼 수 있어…….”라고 자기 최면을 걸면서 감자 껍질을 식칼로 벗기려고 했다.

“앗.”

그러나 금방 실패했다.

“봐, 내 말이 맞지?”

“전 당연히 안나는 뭘 시켜도 다 완벽하게 잘할 줄 알았는데요. 이런 약점이 있었다니…….”

“그런데 돌이켜보면 예전부터 복선은 있었어.”

“복선?”

“아주 오래전에 안나가 사는 공동주택에 몰래 놀러 간 적이 있거든. 그런데 집은 엄청나게 지저분하고 빨래는 아무렇게나 널려 있더라고.

처음 봤을 때는 집에 도둑이 든 줄 알았다니까?”

“……즉, 결론은?”

“안나는 절망적일 정도로 집안일의 재능이 없다는 거야. 직장에서는 누구보다도 우수하지만, 집에만 돌아오면 아주 한심한 게으름뱅이가 되는 거지.”

“그러고 보니 안나는 지금도 휴일에는 우리 중에서 제일 태평하게 늘어져 있죠. 소파에 누운 채 한 발짝도 움직이지 않잖아요?”

“그, 그건, 평소에 일이 너무 바빠서 피로가 쌓였으니까…….” 하고 안나는 변명했다. “집안일 능력이 부족하다는 것은 일단 인정할 수도 있지만…….”

“채소는 내가 썰어줄게.”

메릴은 안나의 상처에 치유 마법을 걸어주고 식칼을 집어 들었다. 그리고 감자 껍질 속으로 칼날을 밀어 넣더니.

“후루루루룩—.”

경쾌하게 껍질을 벗기기 시작했다. 마치 리듬체조의 리본이 돌아가는 것처럼 빙글빙글 가볍게 감자 껍질이 허공에서 춤을 췄다.

"와, 손재주가 정말 좋네요……?!"

"이 정도는 기본이지. 나는 재주가 좋거든. 누구랑은 다르게♪"

메릴은 의기양양하게 찡긋 하고 윙크했다.

"끄으응……."

안나는 분하다는 듯이 이를 갈았다.

"저는 파이 생지 만들기에 전념할 테니까 안나는 스튜 루를 만들어주세요. 채소를 써는 것은 메릴에게 맡기고요."

"……응. 알았어. 그게 적재적소니까. 여기서 내 마음대로 하게 해 달라고 고집을 부린다든가, 그런 유치한 짓은 안 할게."

안나는 마지못해 배치전환을 받아들였다.

그 후 세 사람은 작업을 분담하면서 힘을 모아 스튜와 파이를 만들었다. 한 시간쯤 지나자, 그 음식들이 완성됐다.

"드디어 완성됐어!"

테이블 위에는 스튜와 파이가 차려져 있었다.

"해냈어요."

"응, 내가 분명히 말했잖아? 우리에게 불가능이란 없다고."

"누군가는 껍질을 벗기지 못했지만 말이지."

"뭐?"

"아야아앗! 아니, 그냥 좀 놀린 거잖아! 아이언 클로는 금지! 안나, 너 속으로는 엄청 신경 쓰고 있었구나?!"

안나는 아이언 클로 기술을 해제하더니 말했다.

"당장 맛을 보자."

"우선 스튜부터. 맞죠?"

"잘 먹겠습니다—♪"

다 같이 우선 스튜를 입으로 가져갔다.

"애, 애매해……."

"100점 만점에 35점 정도 되려나."

"아버님이 만드신 것과는 하늘과 땅만큼 차이가 나네요."

"아니, 그런데 좀 심하게 달지 않아? 이 스튜."

"그러게요."

"오렌지주스를 넣어서 그런가?"

"뭐?"

"비법을 써봐야지! 하고 살짝 넣어봤어. 달고 맛있으니까 괜찮을 것 같아서."

메릴은 "어때, 명안이지—?" 하고 두 손으로 브이 자를 그리며 자화자찬했다.

"…………(빠직)."

"안나, 진정하세요. 메릴은 귀중한 껍질 까기 요원입니다. 여기서 아이언 클로를 써서 무력화시키는 것은 현명한 행동이 아닙니다."

안나의 분노를 감지한 엘자가 얼른 상황을 수습했다.

그 덕분에 참극은 미연에 방지할 수 있었다.

　세 사람은 이어서 애플파이 시식을 해보기로 했다. 나이프로 파이를 잘라서 작은 조각을 각자 입으로 가져갔다.

　"으음……. 왠지 생지가 좀 별로네요."

　"사과도 맛이 없어―."

　"파이는 그냥 순수하게 못 만들었네."

　"아무리 그래도 이걸 아버님 앞에 내놓을 수는 없겠어요……."

　엘자가 난처한 것처럼 말하자.

　"이렇게 됐으니 어쩔 수 없지. 특별한 수단을 쓰는 수밖에."

　메릴이 의미심장한 어조로 말했다.

　"특별한 수단?"

　"응."

　그러더니 품속에서 뭔가를 꺼냈다. 그것은 작고 투명한 병이었다. 안에는 가루가 들어 있었다. 반짝반짝 빛나는 가루였다.

　"이 마법의 가루를 조미료로 사용하면 말이지. 먹은 사람의 미각을 변화시켜서, 아무리 맛없는 음식이라도 맛있다고 느낄 수 있게 해주거든.

　이것을 사용하면 쓰레기도 즉시 고급 요리로 변신! 틀림없이 아빠도 맛있다고 생각하실 거야!"

　"그만둬."

　안나가 날카롭게 태클을 걸었다.

　"그런 것을 사용해서 아빠한테 맛있다는 느낌을 심어줘봤자 의미가 없잖아?"

“안나의 말이 맞아요” 하고 엘자도 동의했다.

“하지만 이대로 가다간 실패작을 대접하게 될 텐데?”

“괜찮아. 아직 시간은 있어. 아빠가 돌아올 때까지 시행착오를 거쳐서 최고의 스튜와 파이를 만들면 되잖아? 응, 그러면 오케이야.”

안나는 그렇게 말하고 동지들을 격려했다.

“실패는 성공의 어머니. 좌절하지 않고 맞서 싸우면 반드시 활로가 열릴 거야. 자, 다시 한번 음식을 만들어보자.”

“네.”

“응—!”

세 사람은 둥글게 둘러서서 한가운데로 손을 모았다. 기운찬 기합 소리를 내고, 포개었던 손을 허공으로 힘차게 들어 올렸다.

싸움은 이제 막 시작된 것이다.

공주님의 가정교사 일을 마친 나는 집으로 돌아가는 길을 걷고 있었다. 해가 저물면서 건물의 윤곽은 저녁 햇살을 받아 테두리가 붉게 변해 있었다.

과연 세 사람은 무사히 요리를 완성했을까……?

일하는 동안에도 내내 그것이 신경 쓰였다.

평소에는 내가 모든 집안일을 담당하고 있기도 해서, 엘자도 안나도 메릴도 다들 요리를 해볼 기회는 전혀 없었다.

그 점이 마음에 걸렸기 때문일까.

프림 왕녀한테는『……카이젤, 지금 나 말고 다른 여자를 생각하고 있지?』하고 지적을 당하기도 했다.

프림은 날카롭게 나를 향해 삿대질하면서 말했다.

『일하는 동안에는 너는 나만 생각하면 된다. 알겠느냐?』

『알겠습니다.』

『흠, 그래. 알면 됐어.』

『그럼 당장 공부를 시작할까요. 철저하게 집중해서.』

『……아니, 역시 너는 좀 더 넋을 잃고 있어도 되겠는데?』

일단 확인차 말해두자면, 일 자체는 빈틈없이 잘 해냈다. 보수를 받는 이상 어중간하게 일할 수는 없으니까.

주택가로 들어가 우리 집 앞까지 돌아왔다. 이미 날은 저물었다. 문 너머에서 뭔가 좋은 냄새가 났다.

아마도 내 걱정은 기우였나 보다.

"다녀왔—— 으음?!"

현관문을 열고 부엌의 상태를 보러 들어갔다가 깜짝 놀랐다.

그곳에는 참상이 벌어져 있었다.

엘자와 안나와 메릴이 테이블 위에 푹 엎드려 있었다. 마치 회오리바람이라도 불어닥친 것처럼 그 주변은 난장판이 되어 있었다.

"……어? 아빠네. 어서 와—."

축 늘어져 있던 메릴이 고개를 들었다.

"……대체 무슨 일이 있었던 거니?"

"무슨 일이긴. 그냥 요리했을 뿐인데."

안나는 신음하는 것처럼 말했다.

"스튜와 애플파이. 아버님이 제일 잘하시는 요리입니다."

그렇게 엘자는 안나의 말을 보충하듯이 힘없이 중얼거렸다.

"그랬구나. 그런데 요리 좀 했다고 부엌이 이렇게 되다니……."

마치 연금술 연구라도 한 것 같은 참상인데 말이지.

"그래서 결국 어떻게 됐니? 성과는?"

"""…………."""

세 사람은 그 순간 얼어붙었다.

결과가 좋지 않았나 보다.

쓴웃음을 지으며 조리대를 봤더니 그곳에는 파이와 스튜가 놓여 있었다. 만든 지 얼마 되지도 않은 것 같았다. 음식은 아직 따뜻했다.

"뭐야. 음식은 잘 만들어놨네."

"글쎄, 만들었다고 해야 하나……."

"진짜 만들기만 했다고나 할까요."

"우리가 생각했던 것과는 달라."

일단 완성은 했지만, 완성도가 만족스럽지 않다는 뜻인가 보다.

"이거 먹어봐도 돼?"

"""헉?!"""

세 딸의 표정이 굳어졌다.

"너희가 모처럼 애써서 만든 거니까. 버리기도 아깝잖아."

"저기요, 아버님. 관두시는 편이……."

"맞아, 맞아―. 내 애정은 듬뿍 들어갔지만, 맛은 좀 그런데―."

"아냐! 드시라고 하자."

안나가 두 사람과는 다른 의견을 내놓았다.

"저기요, 안나?!"

"정신 나갔어?!"

"100점 만점짜리 음식이 완성들 때까지 기다렸다가는 평생 아빠한테 음식을 대접하지 못할 거야. 우선은 60점이라도 아빠한테 드시게 해서 피드백을 받아보자. 그리고 그 가르침을 다음부터 잘 활용하는 거야."

"게다가" 하고 안나는 말을 이었다.

"우리는 시행착오 과정에서 이미 실컷 시식을 해봐서 배가 부르잖아. 우리는 이 파이와 스튜를 도저히 다 해치울 수 없어."

"아니, 그래도 어설픈 음식을 내놓고 싶진 않은데⋯⋯. 저게 60점이라고요? 점수를 너무 후하게 준 게 아닌가요? 아무리 좋게 봐줘도 15점인데요."

"15점은 아니지! 20⋯⋯ 아니, 30점은 된다고 봐! 처음이란 점을 고려한다면 5점은 더 줄 수 있고!"

"응, 그래그래. 그럼 잘 먹겠습니다."

"""꿀꺽⋯⋯."""

나는 스튜와 파이를 각각 먹어봤다.

"응. 맛있는데?"

생각보다 훨씬 괜찮았다. 그것이 솔직한 감상이었다.

“진짜?!”

“응.”

실은 훨씬 더 끔찍한 것을 상상했었다.

“우리의 목표가 너무 높았을 뿐이지, 실제로는 의외로 꽤 괜찮게 해냈나 봐. 역시 한 번은 감상을 듣는 것이 중요하구나.”

“아니, 그래도 아버님의 요리에 비하면 하늘과 땅 차이예요.”

“그야 뭐, 나는 너희들 셋이 태어난 이후로 쭉 요리를 해왔으니까. 하루아침에 그걸 따라잡긴 어렵겠지.”

그리고 말을 이었다.

“고마워. 나를 위해 음식을 만들어줘서.”

그렇게 감사 인사를 했다.

이번에는 맛있는 음식을 대접받았지만, 설령 맛없는 음식이 튀어나왔어도 이 감상은 달라지지 않았을 것이다. 나를 위해 음식을 만들어준 아이들의 마음이 고마웠다.

“아뇨. 이번에 스스로 요리를 해보고 새삼스레 알게 되었습니다. 언제나 아버님이 이렇게 힘든 일을 매일매일 해주고 계신다는 것을.”

“응, 진짜로. 우리는 아빠한테 고마워해야 해.”

“난 언제나 고마워하고 있는데♪”

“글쎄, 과연 그럴까?”

그러더니 안나는 말을 이었다.

“요리는 처음 해봤는데, 덕분에 꽤 즐겁게 기분 전환을 한 것 같아. 엘자랑 메릴과 함께 뭔가를 하는 것은 오랜만이기도 하고.”

“그러게요. 저도 배운 것이 있었습니다.”

“응, 나도 알아낸 게 있어. 안나는 채소 손질을 엄청나게 못 한다는——아, 아야아아앗! 저, 저기! 아이언 클로는 하지 마!”

요리를 통해 자매들끼리도 더욱 사이가 좋아진 것 같았다.

나는 자매들이 사이좋게 노는 장면을 훈훈하게 바라보면서 말했다.

“좋아, 그럼 다음에는 같이 요리를 해볼까?”

“정말? 와, 재미있겠다!”

“하지만 아버님을 쉬게 해드리는 것이 취지였는데, 그래도 되나요? 저희와 같이 요리하시면 피로를 풀 수 없을 것 같은데요.”

“사랑하는 딸들과 같이 요리하는 거잖아. 오히려 일상의 피로는 싹 날아가 버릴 거야. 다음 휴일이 벌써 기대되는구나.”

“와, 신난다—♪”

휴일에는 피로를 풀기 위해 하루 종일 잔다. 그것도 괜찮을 것이다. 하지만 뭔가 기대되는 이벤트가 있다면, 좀 더 평소의 일을 열심히 할 수 있을 것이다.

“응, 그래서 아빠는 언제 쉴 수 있는데?”

“어? 어— 그건. 조만간…….”

단, 언제 쉴 수 있을지 모른다는 게 문제구나…….

그날 나는 아침 일찍부터 왕성으로 향하고 있었다.

프림 왕녀의 가정교사로 일하기 위해서——가 아니었다.

여왕 폐하—— 소니아 바겐슈타인의 소집에 응하기 위해서였다. 그분이 나에게 중요한 이야기를 하고 싶다면서 나를 불러내셨다.

여왕 폐하의 소집이라면 응하지 않을 수가 없다. 그래서 다른 일은 전부 다 급하게 해치우고 오늘 이렇게 여왕 폐하를 찾아가게 되었다.

왕성에 도착한 나는 근위병의 안내를 받아 여왕의 접견실로 향했다.

넓은 직사각형 모양의 공간.

입구의 쌍여닫이문에서부터 안쪽까지는 호사스러운 융단이 똑바로 깔려 있었다. 그 끝의 계단 위에는 옥좌가 위풍당당하게 놓여 있었다.

그곳에 여왕 폐하—— 소니아 바겐슈타인이 앉아 있었다.

금실처럼 아름다운 머리카락. 여자치고는 큰 키와 날씬한 몸매.

느긋하고 온화한 분위기를 지니고 있는데, 그와 동시에 나라를 통치하는 지도자로서의 확고한 위엄도 가지고 있었다.

소니아 님은 내 모습을 보자 부드러운 미소를 지으며 말했다.

"카이젤 씨. 아침 일찍부터 불러내서 미안해요. 실은 내가 당신을 찾아갔어야 하는데, 입장상 그렇게 할 수도 없어서요.”

“아닙니다.”

“나도 한 번쯤은 카이젤 씨네 가족들이 사는 곳을 보고 싶었는데요. 틀림없이 멋진 집이겠지요.”

“아뇨, 정말로 괜찮습니다.”

아침에 손님이 와서 벨을 누르기에 문을 열어봤더니 여왕 폐하가 계신다? 그러면 간 떨어질 정도로 놀랄 자신이 있었다. 심장에도 안 좋다. 수명이 줄어들 것이다.

“폐하. 그래서 저에게 하실 말씀이 무엇입니까?”

“아, 네. 그게 말이죠.”

소니아 님은 본론으로 들어갔다.

“이번에 카이젤 씨를 부른 이유는 부탁하고 싶은 게 있어서입니다.”

“부탁하고 싶으신 거요.”

“네. 매우 중요한 이야기랍니다. 이 나라 전체에 영향을 줄 정도로.”

“……꿀꺽.”

이 나라 전체에 영향을 줄 정도로 매우 중요한 이야기—— 이것 참, 예상했던 것보다 훨씬 더 어려운 일이겠구나.

소니아 님 곁에 있는 근위병들도 심각한 표정을 짓고 있었다.

나는 각오를 다지고 뒷말을 재촉했다.

“저, 그건——.”

"오늘 하루. 나와 데이트를 해주시겠어요?"

"…………네?"

한순간 시간이 멈췄다.

나만 그런 게 아니었다. 소니아 님 옆을 지키고 있던 근위병들도 놀라서 잠깐 비틀거릴 뻔했다. 그들도 나처럼 방금 그 내용을 처음 알게 된 것 같았다.

"저, 폐하. 그게 무슨……."

"카이젤 씨. 당신은 가끔 프림을 성 앞의 시내로 데리고 나가주잖아요?"

"그, 그렇죠."

"그 애는 성에 돌아오면, 카이젤 씨와 함께 시내를 돌아다니면서 무슨 일이 있었는지 무척 즐겁게 이야기를 해준답니다. 길거리 공연을 봤다든가, 같이 크레이프를 먹었다든가. 그 애가 그렇게 눈을 반짝반짝 빛내는 것은 좀처럼 보기 드문 일이에요. 카이젤 씨와 함께하는 시간이 매우 충실하다는 증거겠지요. 그 애의 어머니로서 카이젤 씨에게는 진심으로 감사하고 있습니다."

"아, 아뇨, 황송합니다."

"그런데 그 애의 이야기를 듣다 보니 내 마음속에 어떤 감정이 싹트더군요. 그것은 부러움이었습니다."

"그렇……군요."

"요새는 계속 성에 틀어박혀서 내내 공무, 공무, 공무…… 그야말로 숨 막히는 나날을 보내고 있거든요. 나도 가끔은 여왕도 아니고 어머니도 아닌, 순수한 한 여성으로서 마음껏 자유롭게 놀아보고 싶어요. 그런 마음이 날이 갈수록 커져서 마침내 더는 참을 수 없게 되었습니다. 그래서 오늘 하루는 휴가를 내서 성 밖의 시내로 놀러 가기로 마음먹었습니다.”

“그래서 저에게 동행을 부탁하고 싶으신 거군요.”

“네, 그렇습니다.”

“나라 전체에 영향을 준다는 이야기는…….”

“계속 이렇게 살다가는 내가 삐뚤어져서 공무를 팽개칠 위험성이 있어요. 여왕이 직무를 방기하면 나라가 위기에 처할 테죠. 안 그래요?”

소니아 님은 생긋 웃으며 말했다.

“…………”

그건 그렇지만, 내가 생각했던 것과는 달랐다.

뭔가 좀 더 피비린내 나는 사건일 줄 알았는데.

“그리고 도시 주민들의 삶을 직접 체감하는 것은, 여왕으로서 이 나라를 통치하기 위해서도 필요한 일이라고 생각합니다.”

“하지만 소니아 님이 시내로 나가시면 소동이 벌어질 텐데요?”

“어째서죠?”라고 말하더니 소니아 님은 화들짝 놀란 표정을 지었다. “어머나, 설마 내가 너무 아름다워서 그런 건가요?”

“네?”

“물론 나는 한 아이의 어머니라는 게 믿어지지 않을 정도로 빼어난 미모의 소유자이지만——.”

"저, 그게 아니라. 아니, 그 말씀도 옳습니다만, 아무래도 여왕 폐하께서 시내에 행차하시면 시민들이 깜짝 놀라지 않을까요? 저는 그런 뜻으로 이야기한 겁니다."

"아, 그건 걱정 없어요. 변장할 거니까요."

"변장하신다고요?"

"화장하고 옷을 갈아입으면 그리 쉽게 나라는 사실을 들키진 않을 거예요. 실은 이미 잠행을 위한 의상도 준비했답니다."

그러더니.

소니아 님은 옥좌 뒤에 숨겨놓았던 의복을 꺼냈다.

"우후후. 짠—♪"

"어, 저기. 그건……?"

"내가 다녔던 학교의 교복입니다."

소니아 님이 신나서 설명했다.

"전에도 이야기한 적이 있잖아요? 내가 실은 몰래 내 방에서 교복을 입어보는 게 취미거든요. 의외로 이 정도면 아직 괜찮지 않나? 하는 생각도 은밀하게 해봤답니다.

그래서 실제로 교복을 입은 모습을 이 성의 사람들에게도 보여줬는데요. 다들 '학생이라고 해도 충분히 통할 것 같아요'라고 하면서 칭찬했답니다. 그러니까 이 기회에 시내에도 한번 입고 나가볼까? 하고 생각한 거죠. 설마 여왕이 여학생 교복을 입고 다닐 거라고는 아무도 상상 못 할 거 아니에요?"

"그, 그렇군요."

“어때요? 카이젤 씨. 잘 어울려요?” 하고 소니아 님은 학교 교복을 자기 몸 앞에 대어 보면서 물어봤다.

“여학생처럼 보여요?”

소니아 님의 외모는 확실히 젊어 보였다. 누가 봐도 미인이었다.

하지만 아무리 그래도 교복 차림은 좀 심했다. 최대한 눈을 가늘게 뜨고 봐도 학생처럼 보이진 않았다. 학생으로 인식하려면 환각 마법이라도 써야 할 것이다.

나는 옆에 서 있는 근위병들을 힐끗 봤다.

“……(스윽).”

근위병들은 어색하게 시선을 피했다.

그들도 나와 같은 생각을 한 것이리라. 그러나 여왕 폐하 앞에서 대놓고 그 생각을 말할 수 있느냐 없느냐는 별개의 문제였다.

아, 아니다. 당연히 말할 수 없겠지. 실제로 말하지 못한 것 같고.

하지만 누군가는 말을 해줘야만 한다.

소니아 님은 정말 아름다우시지만, 그래도 교복 차림은 좀 자제하시는 게 좋을 것 같습니다. 그렇게 말해주지 않으면 소니아 님은 벌거벗은 여왕님이 되어버릴 것이다.

나는 마음을 굳혔다. 그리고 말했다.

“잘 어울리십니다.”

“우후후. 고마워요♪”

차마 그럴 수 없었다.

화장하고 교복을 입었더니, 좀 전까지 있었던 여왕 폐하로서의 소니아 님의 모습은 기막히게 사라졌다.

인상도 확 달라졌다. 위엄은 사라지고, 그 대신 또 다른 존재감이 강해졌다.

확실히 이 정도면 그리 쉽게 들키진 않겠다.

하기야 시민들도 여왕 폐하가 학창 시절의 교복을 입고 시내로 놀러 나올 거라고는 꿈에도 생각하지 못하겠지만.

"시내로 나온 것은 정말 오랜만이에요."

왕성에서 내려와 시내로 나온 소니아 님은 목소리가 한껏 들떠 있었다.

"그이가 세상을 떠난 다음부터는 여왕으로서 직무를 수행하느라 늘 바빴거든요. 매일 왕성에 틀어박혀 있었죠. 개인적인 시간을 낸다는 것은 도저히 꿈도 꿀 수 없는 일이었어요."

'그이'는 아마도 선왕일 것이다.

본디 이 나라는 소니아 님의 남편—— 소돔 바겐슈타인이 왕으로서 다스리고 있었다.

그런데 소돔 왕이 병으로 세상을 떠나자, 소니아 님이 여왕으로 즉위하게 되었다.

나는 선왕과 만나본 적은 없지만, 그는 시민을 위해 최선을 다하는 좋은 왕이었던 모양이다. 그 뒤를 잇는다는 것은 엄청난 중압이었을 것이다.

그런 스트레스를 해소하기 위해 학창 시절의 교복을 입었던 걸지도 모른다. 그렇게 생각하자 쓸데없는 말은 안 하는 게 낫겠다는 생각이 들었다.

"최근 들어 겨우 상황이 좀 안정되어서, 이렇게 휴가도 낼 수 있게 되었어요. 그러니까 오늘은 시내에서 실컷 자유행동을 할 거예요."

그러더니 소니아 님은 말을 이었다.

"그리고 마을 사람들의 목소리를 직접 들어보는 것도 중요한 일이니까요. 왕성에 틀어박혀 있기만 하면 진짜 현실을 알 수 없잖아요."

휴가를 냈는데도 여전히 여왕으로서의 책무도 잊지 않는 소니아 님. 정말로 이 나라 사람들을 위해 최선을 다하려고 하는구나. 그런 자세는 호감이 갔다.

그렇다면 내가 할 수 있는 일은 하나밖에 없다.

"소니아 님이 좋은 휴일을 보내실 수 있도록 온 힘을 다해보겠습니다."

"우후후. 고마워요."

소니아 님은 미소 지었다.

"하지만 그러려면 우선 호칭부터 생각해야겠네요."

"호칭이요?"

"소니아 님이라고 부르면 주변 사람들에게 들키잖아요?"

그건 그렇다.

화장하고 변장한 것도 다 소용없어질 것이다.

“그럼 어떻게 부르면 될까요?”

“으—음, 글쎄요” 하고 소니아 님은 잠시 생각하더니 이렇게 말했다. “소니라고 부르면 어떨까요?”

“네?”

“아니면 소닝~이라고 불러도 좋고요.”

소니아 님은 생글생글 웃으며 말했다.

“아무리 그래도 그건 너무 편하게 부르는 것 같습니다…….”

여왕 폐하를 그렇게 친근하게 막 부를 수는 없었다.

“그러니까 일단 소니 씨라고 불러도 될까요?”

“음—. 뭐, 그래요, 좋아요.”

소니아 님은 불만이 있어 보였지만 납득해줬다.

그런가 했더니.

그 직후에 내 팔을 붙잡았다.

“자, 그럼 갈까요?”

나에게 몸을 딱 붙였다.

분위기는 느긋한데 실로 대담무쌍.

프림의 자유분방함은 어머니를 닮은 걸지도 모른다.

내가 할 일은 소니아 님이 마음껏 자유롭게 지낼 수 있게 해드리는 것. 소니아 님이 팔짱을 끼고 싶어 한다면 그 뜻에 따라야 할 것이다.

“우후후. 데이트하는 것 같아서 마음이 설레네요.”

소니아 님은 즐겁게 미소를 지었다.

"그이가 세상을 떠난 다음부터 나는 언제나 여왕이자 어머니였으니까요. 오늘은 오랜만에 한 명의 여자가 되어보고 싶어요."

내 가슴이 두근거릴 것 같은 대사였다.

나는 소니아 님에게 물어봤다.

"어디 가보고 싶은 곳은 있으세요?"

"글쎄요. 우선은 시내를 한 바퀴 돌면서 구경하고 싶어요. 마을 사람들이 어떻게 지내는지 관심이 있거든요."

"알겠습니다."

우리는 시내를 둘러보려고 팔짱을 낀 채 걷기 시작했다.

이런 모습을 혹시나 지인이 본다면 골치 아픈 일이 생길 텐데.

그렇게 걱정하면서 거리를 걷고 있는데 저쪽에서 낯익은 얼굴이 다가왔다.

"오, 뭐야. 카이젤이잖아."

마법 학교의 동료 강사―― 노먼이었다.

그는 내 모습을 발견하자마자 손을 들어 올리면서 인사했다.

"으음……? 그건…….."

큰일 났다.

나와 소니아 님이 팔짱을 끼고 있는 장면을 들켜버렸다.

"아니, 이건…….."

변명하려고 했는데.

노먼은 내 어깨를 툭 하고 다정하게 두드렸다.

"괜찮아. 다 이해해. 남자라면 가끔은 마음껏 놀고 싶어질 때도 있는 거지. 아버지로서의 입장은 잊어버리고 말이야.”

뭐?

이 녀석, 뭔가 착각한 거 같은데?

“노먼, 대체 이 상황을 뭐라고 생각하는 거야?”

“뭐긴, 이미클럽이잖아?”

역시 그랬구나.

교복을 입은 소니아 님을 보고 그런 것을 연상했나 보다. 하기야 다 큰 여성이 교복을 입고 있으니까. 뭔가 이상야릇한 느낌이긴 할 거다.

“그런데 카이젤. 네가 교복 플레이를 좋아하는 줄은 몰랐어. 뭐, 하지만 이해해. 학창 시절에 인기가 없었던 사람은 종종 교복 차림에 집착하는 모양이니.”

맙소사, 공감까지 해주는 건가.

전혀 아닙니다만.

“그런데 너무 원숙한 아가씨를 지명한 거 아니야? 미인이긴 하지만, 교복 차림을 즐기고 싶었으면 좀 더 귀엽고 앳된 아가씨를 지명하는 게 나았을 텐데.”

쓸데없는 조언까지 해주고 계셨다.

원숙하다고 하지 마.

소니아 님이 들으시면 어쩌려고 그래.

자칫하면 목이 날아간다.

“아, 알았다. 오히려 그런 미스매치가 포인트인 거군. ——카이젤, 너의 관점이 그리 고차원적인지 몰랐다.”

자기 마음대로 내 성벽까지 추리하기 시작했다.

이봐, 누가 이 녀석 좀 말려줘.

“카이젤 씨, 그분은 누구세요?”

소니아 님이 나에게 물었다.

“아, 이 사람은——.”

“난 노먼이라고 해. 마법 학교 강사로 일하고 있지. 카이젤의 동료이기도 하고, 서로 술잔을 나눈 진정한 친구이기도 해.”

노먼은 잘난 척하면서 자기소개를 했다.

“마법 학교 강사님이셨군요.”

그러더니 소니아 님은 이야기를 계속했다.

“노먼 씨. 카이젤 씨의 친구인 당신에게 묻고 싶은 것이 있습니다.”

“응?”

“좀 전에 이야기하셨던 이미클럽이라는 게 대체 뭔가요?”

“아하…… 플레이가 제법 철저하군. 하긴, 여학생은 이미클럽을 모르는 게 당연하지.”

노먼은 자기 멋대로 납득하더니 이렇게 말했다.

“이미클럽이란 것은 이미지 클럽의 줄임말이야. 여성이 다양한 의상을 착용하고 손님에게 서비스를 제공하는 가게를 말하는 거지.”

“아, 그래요. 그런 가게가 있었군요.”

소니아 님은 처음 알게 된 것처럼 감탄했다.

"그런데 노먼 씨는 어째서 제가 그 이미클럽이란 곳에서 일하는 직원이라고 생각하신 건가요?"

"어째서라니?"

"저, 진짜 학생처럼 보이지 않아요?"

"학생? 아무리 그래도 그건 말이 안──어헉!"

노먼이 솔직한 속마음을 털어놓기 직전에 나는 손바닥 아랫부분으로 그를 때렸다.

"크윽…… 미안하다. 이제 막 즐기려고 하는데, 설정을 파괴하면 흥이 깨지겠지."

그런 의도로 막은 게 아니다만.

아무튼 이제 그만 입 다물어줘.

"걱정하지 마. 이 일은 다른 사람한테는 비밀로 할게. 너희 딸들이 알게 되면 나중에 골치 아파질 것 같으니까. 우리끼리만 아는 비밀로 하자."

노먼은 엄지를 척 세우면서 그렇게 말하더니.

"다음에 감상을 들려줘. 그리고 혹시 괜찮았으면 가게 이름도 알려줘. 어쩌면 나도 손님이 될 수도 있으니까."

그런 말을 남기고 손을 들어 인사하면서 경쾌하게 떠나갔다.

"카이젤 씨, 방금 노먼 씨가 하셨던 이야기 말인데요."

소니아 님이 나에게 말했다.

"교복을 입은 내가 학생처럼 보이지 않는다고 했어요. 아니, 심지어 이미클럽이란 곳에서 일하는 직원처럼 보인다고…….”

큰일 났다.

혹시 충격을 받은 걸까.

“요컨대 학생으로는 안 보일 정도로 내가 너무나 섹시하단 뜻일까요? 성적 매력이 넘치는 것도 문제네요♪”

아니구나! 오히려 긍정적으로 해석하고 있었다.

역시 여왕 폐하는 대단하시다. 보통 사람과는 비교도 안 되는 담력이다.

어쨌든 다행이다.

그 후 시장을 둘러보다 보니 어느새 태양도 높이 떠 있었다.

마침 적당한 타이밍이라 어딘가에 가서 점심을 먹기로 했다.

“뭔가 드시고 싶은 것이 있나요?”

“글쎄요…… 근사한 가게나 고급스러운 식사는 익숙하니까, 다른 세계를 한번 보고 싶어요.”

소니아 님은 생긋 웃더니 말을 이었다.

“그러니까 더없이 저속하고 천박하고 서민적인 곳으로 나를 안내해주세요♪”

“……알겠습니다. 안내할게요.”

그다지 내키진 않았지만, 여왕 폐하가 간절히 원하신다면 어쩔 수 없었다.

나는 소니아 님을 데리고 앞장서서 걸었다.

도착한 곳은 모험가 길드였다.

모험가 길드 1층은 접수처이지만 2층은 술집이었다. 임무를 마친 모험가나 할 일 없는 녀석들이 모여서 대낮부터 당당하게 술판을 벌이고 있었다.

더없이 저속하고 천박하고 서민적인 곳.

그 말을 듣고 맨 처음 떠오른 것이 여기였다.

조건은 완벽하게 충족됐다. 아니, 실은 좀 지나칠 정도로 충족됐다.

"어머, 카이젤 씨 오셨어요? 어, 어엇?!"

여자 접수원 모니카가 말을 걸었다. 그러다가 내 옆에 있는 교복 차림의 소니아 님을 발견하고 화들짝 놀란 표정을 지었다.

"안나 씨, 큰일 났어요! 카이젤 씨가 교복을 입은 변녀를 데리고 모험가 길드에 쳐들어왔어요!"

"뭔 소리야. 무슨 일인데?"

모니카의 보고를 받은 안나는 기막혀하면서 이쪽으로 나왔다. 그리고 내 옆에 있는 교복 차림의 소니아 님을 보자마자 다짜고짜 이렇게 말했다.

"……소니아 님. 그런 옷을 입고 대체 뭐 하시는 거예요?"

""어?""

"아니, 여왕 폐하시잖아요?"

안나는 가볍게 딱 잘라 말했다.

"안나, 알아보겠어?"

"당연히 알아보지. 화장하고 변장해도, 얼굴이 변하는 건 아니잖아. 다른 사람의 눈은 속여도 내 눈은 못 속이지."

과연 길드 마스터라고 해야 하나. 사람을 보는 안목이 탁월하다.

"여, 여왕 폐하?!" 하고 모니카는 순식간에 얼굴이 새파래졌다.

"그, 그런 줄도 모르고 좀 전에 뭔가 불경한 말을 해버린 것 같은데……."

"저기요. 좀 전에 나를 보고 변녀라고 했었죠?"

"꺄아악?!"

"변녀라니, 그게 도대체 무슨 뜻인가요?"

소니아 님은 어리둥절한 표정으로 모니카에게 물어봤다. 추궁하는 게 아니라 순수하게 그 의미를 모르는 것 같았다.

너무 고귀하셔서 천박한 말에 대한 지식이 없는 것이리라.

모니카도 그걸 눈치챈 듯했다.

"벼, 변함없이 멋진 여성이란 뜻입니다."

"우후후. 네, 고마워요♪"

소니아 님은 모니카가 힘겹게 짜낸 그 거짓말을 순순히 받아들이더니.

"카이젤 씨, 들었어요? 내가 변녀래요♪"

그렇게 즐거워하면서 말했다.

그건 그런데, 그건 또 아니기도 하고.

이 상황을 지켜보는 모니카의 웃는 얼굴은 딱딱하게 굳어 있었다. 절대로 진짜 의미는 알려주지 마세요! 하고 나에게 표정으로 압력을 가하고 있었다. 응, 당연히 말은 안 해.

"……그런데 소니아 님. 모험가 길드에는 무슨 일로 오셨어요? 몰래 시찰이라도 하러 오신 건가요?"

안나가 질문했다.

"아뇨. 오늘은 사적으로 놀러 온 거예요. 더없이 저속하고 천박하고 서민적인 곳에서 점심을 먹고 싶다고 했더니, 여기로 안내를 해주더군요."

소니아 님은 웃는 얼굴로 그렇게 대답했다.

"더없이 저속하고 천박하고 서민적인 곳……. 뭐, 틀린 말은 아닌데……."

안나도 역시나 부정은 하지 않았다.

"우후후. 벌써 기대가 돼요."

소니아 님은 신나게 계단을 통해 술집이 있는 2층으로 올라갔다.

그곳에는 정말로 시끌벅적한 광란의 세계가 펼쳐져 있었다.

대낮부터 당당하게 사람들이 야단법석을 떨고 있었다.

술을 마시고, 큰 소리로 웃고, 뇌를 다 빼놓고 마음껏 놀고 있었다. 그중에는 아예 발가벗고 춤을 추는 사람도 있었다.

천박하기 짝이 없는 상황.

나는 무의식중에 이렇게 말했다.

"……소니아 님. 못 볼 꼴을 보여드려서 죄송합니다."

"어머, 아니에요~. 다들 즐거워 보여서 좋은데요."

소니아 님은 전혀 불쾌해하지도 않았다. 아니, 오히려 기분 좋은 것처럼 구석 자리로 가서 얌전히 앉았다. 그리고 주위를 둘러보면서 말했다.

"아직 대낮인데도 다들 술을 마시고 계시네요."

"모험가들은 기분파라서 그렇습니다. 기분이 안 좋으면 그냥 오전에 일찍 일을 끝내버리고 술을 퍼마시기 시작하는 경우도 많아요."

"뭐랄까요. 왠지 자유로운 느낌이 들어서 참 좋아요."

모험가들을 바라보는 소니아 님의 시선에는 동경의 빛이 섞여 있었다.

자유.

여왕의 책무를 짊어지고 있는 소니아 님에게는 가장 멀게 느껴지는 단어라서 그런 걸지도 모른다.

"아빠. 저기, 잠깐 괜찮아?"

안나가 나에게 말을 걸었다.

"내일 임무에 관한 회의를 하고 싶은데——."

"지금은 소니아 님을 호위하는 중이야. 여기서 해도 될까?"

"나는 상관없어요"라고 소니아 님이 말했다.

"난 여기 있을 테니까. 카이젤 씨, 당신은 일에 관한 회의를 하고 오세요."

"하지만——."

"어디에도 안 갈게요. 여기서 술집의 분위기를 즐기고 있을게요."

“……알겠습니다. 죄송해요. 금방 돌아오겠습니다.”

나는 꾸벅 인사한 뒤 안나와 함께 모험가 길드 1층으로 갔다. 회의실에 들어가 그곳에서 10분쯤 내일 일에 관해 회의했다.

회의가 끝나자 서둘러 2층 술집으로 돌아갔다. 그런데 소니아 님 주변에 취한 모험가들이 모여 있었다.

“누님, 끝내주는 옷을 입고 있네?”

“우리랑 한잔할래? 술 사줄게, 응?”

“같이 좀 즐겨보자?”

“어머나~.”

헌팅을 당하고 있었다!

이봐, 너희들. 상대가 누구인지 알고 그러는 거야? 목숨이 오가고 있다고 지금.

나는 핏기가 싹 가시는 것을 느끼면서 얼른 그들 사이에 끼어들었다.

“이봐” 하고 위협적인 목소리로 으르렁거렸다.

“이 사람한테 접근하지 마.”

“으악?! 카, 카이젤 씨.”

“당신 여자인 줄 몰랐어, 미안!”

“아찔하군. 하마터면 A랭크 모험가랑 원수질 뻔했잖아.”

모험가들은 맥없이 퇴산했다.

휴. 우리 모두 목숨은 건졌구나.

“제가 너무 오래 회의하는 바람에 불쾌한 일을 당하셨군요…….”

죄송합니다.”

그렇게 말을 걸었더니.

“우후후. 어쩌죠? 나 방금 헌팅을 당했어요♪”

소니아 님은 손으로 뺨을 감싸면서 온화한 미소를 지었다.

별로 불쾌하진 않았나 보다.

“게다가 나는 카이젤 씨의 여자라고 인식되고 있나 봐요. 제삼자가 보기에는 잘 어울리는 커플처럼 보이는 걸까요?”

역시나 좀 즐거워하는 것 같았다.

“그, 글쎄요. 그나저나 드시고 싶은 메뉴는 정하셨어요?”

나는 급하게 이야기를 돌렸다.

“추천 메뉴는 있나요?”

“음, 어디 보자. 여기는 꼬치구이와 조림 요리가 맛있습니다.”

“그럼 그걸 먹을게요.”

나는 점원을 불러 메뉴를 전달했다.

“그리고 에일맥주 두 잔 부탁해요.”

“네?” 하고 나는 무심코 소리를 냈다.

“다른 분들을 보니까 나도 좀 마시고 싶어져서요. 그런데 혼자 마시면 외롭잖아요. 카이젤 씨도 같이 드셔주세요.”

잠시 후 술과 음식이 나왔다.

테이블 위에 쫙 펼쳐졌다. 맛있는 냄새가 났다.

“자, 그럼 건배합시다. ──건배♪”

소니아 님은 에일맥주가 든 나무 술잔을 집어 들더니, 내 손안에 있는 술잔에 살며시 갖다 댔다.

마치 광고 모델처럼 기품 있는 몸짓이었다. 저속하고 천박한 이 술집에서, 소니아 님의 숨길 수 없는 고귀함이 흘러나오고 있었다.

술잔을 기울여 맥주를 입에 댔다. 이어서 후아~ 하고 숨을 내쉬었다.

"대낮부터 술을 마시니까 참 좋네요~."

이런 경험은 처음이에요. 그러면서 뺨을 손으로 감싸고 재미있다는 듯이 미소를 지었다.

"왕성의 만찬에 나오는 와인은 이보다 몇 배는 더 고급이지만요. 즐거워 보이는 모험가 여러분들과 함께 마시는 맥주가 훨씬 더 각별하게 느껴지네요."

그렇게 말하더니.

"이게 자유의 맛이란 거군요."

그런가?

뭐, 어쨌든 즐겨주고 계신다면 정말 다행이다.

모험가 길드의 술집에서 점심을 먹은 우리는 이제 어떤 가게 앞에 와 있었다. 휘황찬란한 장식이 태양에도 지지 않을 정도로 환하게 빛나고 있었다.

그곳은 카지노였다.

"살면서 한 번도 도박은 해본 적이 없거든요. 그래서 이 기회에

한 번쯤은 그게 어떤 건지 해보고 싶었어요.”

보통 왕성에서는 해볼 수 없는 경험을 한다.

확실히 카지노는 그런 콘셉트에는 잘 어울리긴 했다.

가게 안으로 발을 들여놓았다.

앞쪽에는 파친코 기계와 슬롯머신이 주르르 늘어서 있었고, 그 뒤의 구역에서는 딜러가 룰렛이나 포커 게임을 하고 있었다.

“굉장하네요…… 플로어 전체가 열기로 가득 차 있어요.”

소니아 님은 가게 안을 둘러보면서 말했다.

“여기 있는 분들은 하나같이 몹시 진지한 눈빛을 하고 계시네요.”

“네, 이 중에는 여기에 생계가 달린 사람도 있으니까요.”

“그렇군요. 카지노는 도박에 모든 것을 건 승부사들이 모이는 일종의 전쟁터 같은 곳이네요.”

글쎄, 좋게 말해주면 그렇게 되나……?

소니아 님은 감탄한 것처럼 이야기하더니.

“특히 저분에게서는 보통이 아닌 투지가 느껴집니다.”

나는 소니아 님의 시선을 따라가 봤다.

파친코 기계 앞에 앉아 있는 조그만 여성—— 그 뒷모습에서는 무시무시한 오라가 피어오르고 있었다.

……왠지 어디서 본 것 같은 모습인데.

“좋아! 리치*다! 이제 7이 하나만 더 나오면 성공이야!”

기계가 빛나고 있었다.

---

*잭팟, 즉 대박이 터지기 직전

아마도 리치 상태인 것 같았다.

"여기서 성공하면 지금까지 잃었던 돈을 전부 다 되찾을 수 있어……! 실패하면, 이번 달 생활비가 싹 사라지고……!"

뭔가 위험한 말을 중얼거리고 있었다.

"크흐훗……! 슬슬 흥분되는데?! 이 소름 돋는 긴장감……! 이래서 그만둘 수 없다니까, 도박이란 것은……!"

그렇게 중얼거리더니, 벌게진 눈으로 기도하는 것처럼 두 손을 모았다.

"7 나와라, 7, 7, 7……!"

릴이 멈췄다.

숫자가 확정됐다.

그것은 7이 아니라 그다음 숫자인 8이었다.

즉, 꽝이었다.

"끄아아아아아아아아악?!"

머리를 쥐어뜯더니 그 여성은 비명을 지르면서 뒤로 넘어갔다.

그대로 벌렁 드러누워 시체가 되어버린 여성—— 그 눈이 우리를 쳐다봤다.

"…………카이젤?"

"하아, 에트라…… ."

다른 사람이기를 바랐었다.

옛 동료이자 대현자라고 불리는 위대한 마법사 에트라.

하지만 그 실체는 상식을 뛰어넘는 도박광이었다.

에트라는 위험한 도박을 해서 도파민이 분비될 때 삶의 기쁨을 느끼는 타입이었다. 그래서 일도 제대로 안 하고 평일에도 이렇게 카지노에 눌러앉아 있었다.

"카이젤, 너 뭐 하냐? 평일 대낮부터 이런 데 와서."

"제가 카이젤 씨에게 카지노를 안내해 달라고 부탁했습니다. 그동안 도박을 해본 경험이 없어서요. 한 번쯤 와보고 싶었습니다."

소니아 님이 나 대신 대답하더니 이렇게 말을 덧붙였다.

"그런데 에트라 씨, 무척 즐거워 보이던데요. 기계 앞에서 일희일비하는 당신의 모습을 매우 흥미롭게 지켜봤습니다."

"뭐야? 시비 거는 거야? 아니, 댁은 누군데? 꼬락서니가 장난이 아니네."

"어, 화내지 마. 악의는 없으니까."

소니아 님은 열광하는 에트라의 모습을 보고 순수하게 생각한 내용을 그대로 입 밖에 냈을 뿐이다. 시비를 걸려고 한 것은 아닐 터이다.

"도박이라는 게 그토록 매력적인 것이었군요. 저, 혹시 괜찮다면 나에게도 가르쳐주지 않으실래요?"

"……저기, 카이젤. 이 녀석은 뭐야?"

"실은——."

나는 에트라에게 귓속말을 했다.

이 여성의 정체가 여왕 폐하라는 것. 휴가를 만끽하려고 암행 중이시며, 지금 내가 왕도를 돌아다니며 안내하고 있다는 것을 가르쳐줬다.

"흐—응."

에트라는 납득한 것처럼 중얼거렸다.

"그런데 왜 하필 교복이야? 변장해도 좀 더 나은 복장이 있었을 텐데. 이러면 반대로 눈에 띄잖아?"

"본인이 강력하게 원했거든."

"뭐, 그래. 남의 취향에 대해 이러쿵저러쿵 떠들 생각은 없지만. 어쨌든 여왕 폐하를 상대로 은혜를 베풀어두는 것은 나쁘지 않을 테지."

그러더니 에트라는 이렇게 말했다.

"좋아. 내가 도박을 가르쳐줄게."

"고맙습니다♪"

소니아 님은 고귀한 몸짓으로 고개 숙여 인사했다.

"그럼 잘 부탁드릴게요. 에트라 씨——아니, 스승님."

"스승님이라. 흐—응. 제법 듣기 좋은데?"

팔짱을 끼고 은근히 흡족한 표정을 짓는 에트라.

냉정하게 생각해보면 생활비를 다 날려버릴 정도로 지기만 하는 사람을 스승님으로 받드는 것은 뭔가 잘못된 듯한 느낌도 들지만.

"포커나 블랙잭은 규칙을 외워야 하니까, 초보자는 룰렛이나 파친코를 하는 게 좋을 거야."

그러더니 에트라는 말을 이었다.

"우선 적당한 기계를 골라서 앉아봐. 참고로 이 기계 선택이 중요해. 여기서 승패의 대부분이 결정된다고 해도 과언이 아니야."

"그렇군요. 주목해야 할 포인트는 있나요?"

"못. 못을 잘 봐야 해."

"못이라고요?"

"게임판 한가운데 아래쪽에 있는 구멍을 배꼽이라고 부르는데, 여기에 구슬을 넣으면 룰렛을 돌릴 수 있어. 룰렛을 돌려야지만 비로소 타석에 서게 되는 거지. 요컨대 파친코의 승패란, 적은 금액으로 얼마나 룰렛 추첨 횟수를 늘릴 수 있느냐? 하는 것에 달려 있어. 설정이 좋은지 안 좋은지―― 당첨 확률이 어떤지는 실제로 해보기 전까진 몰라. 하지만 배꼽에 구슬이 들어가기 쉬운지 어떤지는 눈으로 보고 판별할 수 있지."

"흠, 그렇군요. 그러면 이 기계는 어떤가요?"

"어디 보자. 글쎄, 나쁘진 않은데?"

에트라는 고개를 끄덕였다.

"너 제법 소질이 있어 보인다."

"칭찬 감사합니다♪"

소니아 님은 생긋 웃으며 자리에 앉았다.

"처음에는 그냥 적당히 해봐. 파친코는 확률 게임이거든. 그러니까 적절한 기계에서 레버를 돌리다 보면 초보자라도 돈을 딸 수 있어."

"후후. 가슴이 두근거리네요."

여왕 폐하가 오른손으로 레버를 돌리면서 파친코를 즐기고 계셨다.

엄청난 광경이구나.

교복 차림이란 것까지 가미한다면 더더욱 굉장했다.

한동안 그러고 있었더니 이윽고 구슬이 구멍으로 들어갔다. 룰렛이 돌아가기 시작했다. 7이란 숫자가 옆으로 두 개 나란히 나타나자, 기계가 환하게 빛났다.

"리치입니다~."

"뭐, 이건 금방 무너질 테지만."

그러나──.

에트라의 생각과는 다르게, 다음에 멈춘 숫자는 7이었다.

"어?!"

멋지게 대박을 터뜨렸다.

그 후에도 잇따라 연속 당첨을 이어갔다. 상자 속은 우르르 쏟아져 나온 구슬들로 꽉 찼다.

"처, 처음부터 16연속 당첨이라니⋯⋯! 이건 말도 안 돼⋯⋯."

"우후후. 재능이 있는 걸지도 모르겠네요♪"

소니아 님은 상자를 끌어안고 행복하게 싱글벙글 웃었다.

끄으으~ 하고 이를 갈면서 그 모습을 지켜보던 에트라는.

"아니, 이건 우연이야. 우연히 운이 좋았던 거지. 그래, 좋아! 다음은 룰렛! 룰렛하러 가자!"

다음 전쟁터로 상대를 끌고 가려 했다.

소니아 님은 "재미있겠네요~" 하고 기분 좋게 대꾸했다.

나는 에트라에게 귓속말을 했다.

"야, 너 소니아 님을 어떻게 하고 싶은 거야? 패배시키고 싶어?"

"이대로 놔두면 초보자의 행운에 취해서 이상한 착각을 하게 될 거야. 실제 도박은 훨씬 더 냉혹하다는 것을 알려줘야지. 안 그러면 본인에게도 도움이 안 돼."

"핑계는 됐고, 속마음은?"

"나는 형편없이 깨졌는데 초보자가 대승리를 거둔다는 것은 용서할 수 없어. 어떻게 해서든 나와 같은 패배의 구렁텅이로 끌어내리고 싶어."

"감탄스러울 정도로 쓰레기 같은 발언이구나."

다음으로 도전한 것은 룰렛이었다.

회전하는 원반에 공을 던져 넣어서 그 공이 들어가는 장소를 맞히는 게임. 복잡한 규칙은 없으므로 초보자도 도전하기 쉬웠다.

"우선 빨강이나 검정, 둘 중 하나에 걸어보지 그래?"

"그렇군요. 그러면 빨강으로 해볼게요."

소니아 님은 가지고 있는 칩을 빨간색에 베팅했다.

다른 플레이어들도 각자 자신이 예상하는 곳에다 칩을 베팅했다.

베팅이 끝나자, 딜러는 숫자가 매겨져 있는 원반——휠이라고 하는 것 같은데——에 공을 투입했다.

공은 한동안 원반 가장자리에서 미끄러지듯이 굴렀다. 그러다가 모두가 마른침을 꿀꺽 삼키며 지켜보는 가운데, 숫자가 적힌 구멍으로 툭 떨어졌다.

빨간색 18번.

"그렇다면……?"

"예상이 멋지게 적중했네요."

베팅했던 칩이 두 배가 되어 돌아왔다. 하지만 애초에 소액을 걸었기 때문에 그 금액 자체는 별것 아니었다.

그런데 소니아 님은 무척 만족한 것 같았다.

"공이 어디에 떨어질지 지켜보면서 내내 가슴이 두근거렸어요."

그 후에도 거침없는 진격이 이어졌다.

빨강과 검정, 양자택일.

2분의 1의 확률을 소니아 님은 계속해서 모조리 적중시켰다.

처음에는 소액이었던 칩이 순식간에 눈덩이처럼 불어나 상당한 금액이 되었다.

"후후. 또 맞혔네요♪"

"……여, 여덟 번이나 연속으로 적중시키다니……!"

에트라는 산처럼 쌓인 칩들 앞에서 전율했다.

"아니, 아무리 그래도 저 여자, 운이 너무 좋은 거 아냐……?!"

몇 번이나 연속으로 예상을 적중시켰더니 슬슬 주위의 반응도 달라졌다. 괴물 같은 인재가 나타났구나! 하고 술렁거리고 있었다.

소니아 님의 예상을 그대로 따라 하면서 베팅하는 사람까지 나타났다.

그런 식으로 승리의 콩고물을 받아먹는 것이었다.

"에트라, 너도 소니아 님과 똑같이 베팅하면 되잖아? 그러면 이길 수 있을 텐데."

"안 돼! 스스로 선택해서 베팅해야지만 이겼을 때 폭발하는 도파민을 향유할 수 있단 말이야! 남을 따라 한다고? 그건 도박사 실격이야!"

일단 도박사의 긍지가 있나 보다. 스승님이라고 받들어진 직후에 제자의 승리 예상에 편승하는 것은 부끄럽다고 생각한 걸지도 모르지만.

"슬슬 양자택일이 아니라 딱 하나만 공략해보고 싶네요."

소니아 님은 문득 생각난 것처럼 그런 말을 하더니.

"이얍."

""""──혁?!""""

주위의 구경꾼들이 전율했다.

소니아 님이 가지고 있는 칩들을 모조리 빨간색 23번 하나에 베팅한 것이다.

저 예상이 빗나가면 당연히 빈털터리가 되어버릴 것이다. 하지만 혹시나 적중한다면, 일확천금── 막대한 금액이 될 것이다.

"이 흐름에는 올라타야 해! 나도 이 사람과 같은 번호에 올인한다!"

"저도요!"

"나도 해보마!"

소니아 님의 엄청난 행운의 덕을 보려고 다른 플레이어들도 속속 한배를 타기 시작했다.

"……아."

지금까지 철저히 방관만 하고 있던 에트라가 부들부들 떨었다. 그러다 이윽고 뭔가 결심한 것처럼 앞으로 나서더니——.

"나도 빨간색 23번에 베팅할게!"

"이봐, 도박사의 긍지는 어쨌어?"

"긍지가 밥을 먹여주진 않잖아! 이번 달을 넘기려면 돈이 필요해! 여기서는 저 여자의 행운에 운명을 걸어보는 게 상책이야!"

에트라가 그렇게 말하자 다른 플레이어들이 술렁거렸다.

"그만둬! 편승하지 마, 에트라! 재수 없는 네가 한배에 타면 그만큼 저 사람의 행운이 줄어들잖아!"

"야, 너는 이 배에서 내려!"

"시끄러워! 방해하면 싹 다 날려버린다?!"

에트라는 다른 플레이어들이 말리는데도 다 무시하고 억지로 소니아 님과 같은 번호에 칩을 베팅했다. 그리고 거칠게 콧김을 뿜으며 말했다.

"자, 가보자! 적중시켜서 오늘 저녁에는 고기를 먹는 거야!"

딜러는 베팅을 종료시킨 후 공을 휠에 투입했다. 모든 사람의 꿈을 짊어진 공은 원반 가장자리를 따라 빙글빙글 돌았다.

"빨간색 23번! 빨간색 23번!"

"들어가, 들어가, 들어가!"

"들어가라———!"

툭 하고.

마침내 공이 구멍에 떨어졌다.

떨어진 곳의 숫자는 빨간색 23번——.

이 아니라, 그 옆의 검은색 8번이었다.

모든 사람의 꿈을 짊어졌던 공은 깔끔하게 그 꿈을 배신했다.

“““으아악————————?!”””

베팅했던 사람들은 전원 비명을 지르며 그 자리에서 털썩 무너져 내렸다.

그야말로 지옥 같은 광경이었다.

“어머나, 빗나갔네요.”

아쉽다는 듯이 미소 짓는 소니아 님.

그러나 다른 플레이어들처럼 억울해하지는 않았다.

“그래도 스릴 넘치고 재미있는 시간을 여러분과 함께 보낼 수 있었어요. 카지노는 멋진 곳이군요.”

모처럼 떼돈을 벌 기회를 놓쳐버렸는데도. 지금까지 벌었던 돈을 전부 다 잃었는데도, 소니아 님은 그저 태연하기만 했다.

“이, 이럴 수가…… 반드시 성공할 거라고 생각했는데!”

에트라는 바닥에 쓰러진 채 신음하듯이 중얼거렸다.

“소니아 님의 행운보다 에트라의 불운이 더 강했구나.”

“도대체 나랑 저 여자의 뭐가 다르단 말이야……?!”

“소니아 님은 금전에 집착하지 않아서 그런 거 아냐?”

나는 그렇게 말했다.

“소니아 님은 카지노에서의 유희를 순수하게 즐기러 오셨어. 아마도 그 욕심 없는 태도가 행운을 불러온 거겠지.”

“그럼 나는 평생 성공하지 못하는 거잖아!”

에트라가 포효했다.

“나만 그런 게 아니라, 평일 대낮부터 카지노에 오는 녀석들은 기본적으로 일은 안 하고 떼돈을 벌고 싶다는 욕심으로 가득 찬 쓰레기들밖에 없으니까!”

“……이봐. 스스로 말하고도 좀 슬퍼지지 않아?”

도박에서 돈을 잃지 않으려면, 도박하러 가지 않는 게 최선이다. 성공 기댓값을 생각하면 누구나 알 만한 진리였다.

그런데도 도박으로 성공하고 싶어 하는 것이 도박사인가 보다.

카지노를 나와서 또다시 거리를 산책했다.

현재 시각은 15시가 지나서 배가 좀 출출해졌다. 그래서 디저트라도 먹기로 했다. 왕도에서 요새 인기 있는 파르페 가게로 향했다.

“카이젤 씨, 이런 것도 잘 알고 계시네요.”

“전에 엘자가 이야기했던 것이 생각나서요.”

나처럼 나이 든 사람이 디저트 가게를 자세히 알 리도 없었다. 그러나 다행히 젊은 딸이 있어서 이렇게 소니아 님을 안내할 수 있었다.

가게 앞에는 사람들이 줄을 서 있었다.

좀 질릴 정도로 많은 인원수였다.

더구나 줄을 서 있는 사람은 죄다 젊은 여성이나 커플이었다.

"아베크*가 많네요."

"소니아 님. 그 아베크란 말은 이제는 아무도 안 써요."

"그런가요?"

"지금은 커플이란 말이 더 일반적일 겁니다."

"그럼 내가 꾸준히 사용해서 부활시켜볼게요."

"사고방식이 긍정적이시네요."

그리고 나는 이어서 말했다.

"그나저나 줄이 너무 긴데요. 이러면 한 시간은 걸리겠어요. 다른 가게를 찾아볼까요?"

"아뇨. 카이젤 씨가 신경 써서 안내한 가게인걸요. 그냥 여기로 해요. 그리고 기다리는 시간도 나름대로 즐거운걸요."

소니아 님은 주저 없이 줄의 맨 끝에 서서 이리 오라고 손짓했다. 소니아 님이 그걸 원하신다면 어쩔 수 없지. 나도 그 옆에 나란히 섰다.

줄을 서 있을 때는 누구나 평등하다.

줄 서 있는 동안에 우리는 별 의미도 없는 잡담을 나눴다. 여왕 폐하와 이런 식으로 이야기하는 게 신기하기도 했다.

"이렇게 멍하니 줄만 서고 있는 것도 재미있네요. 쓸데없이 시간을 낭비한다는 것은 최고의 사치니까요."

---

*avec, 동반하고 있는 남녀 두 사람.

하긴, 그건 그럴지도 모른다.

정말로 소중한 것은 일견 쓸데없어 보이는 것 속에 있는 것이다.

마침내 우리 차례가 되어서 가게 안으로 안내를 받았다.

우리는 가게의 최고 추천 메뉴인 파르페를 주문했다. 그리고 젊은 커플들한테 둘러싸인 채, 그들은 알지도 못할 소화불량의 공포와 싸우면서 파르페를 먹었다.

"우후후. 정말 맛있었어요♪"

상당히 큰 파르페를 깨끗이 먹어치운 소니아 님은 더없이 만족스러운 표정을 짓고 있었다. 한편 나는 약간 속이 더부룩했다.

식후 운동하는 기분으로 시내를 걷고 있을 때였다.

광장에 사람들이 많이 모여 있는 것이 보였다. 중앙부에는 무대가 설치되어 있었다.

"카이젤 씨, 저건 뭘까요?"

"미인 대회인 것 같네요."

"미인 대회?"

"여자들이 출전해서 미모를 겨뤄 1등이 누구인지 정하는 대회입니다. 우승자는 연예 기획사에서 스카우트하러 오기도 한다더군요."

무대 위에는 젊은 여자가 서 있었다. 음악에 맞춰 관객들 앞에서 포즈를 취하고 있었다. 그때마다 우와! 하는 환호성이 터져 나왔다.

상당히 분위기가 달아오른 것 같았다.

“남자만이 아니라 여자 관객도 꽤 많은데요?”

“아름다움이란 것은 남녀를 가리지 않고 끌어당겨서 그런 걸지도 모르겠네요.”

출전자는 마지막 자기 어필을 마치고 꾸벅 인사하더니 무대 뒤로 돌아갔다. 관객들은 아낌없는 박수를 보냈다.

『네! 감사합니다!』

여성 사회자가 일단 그렇게 마무리를 한 다음에.

『여러분, 아직 현장 신청도 받아요! 나야말로 1등이다! 하고 생각하시는 분이 있다면 마음껏 도전하세요!』

그런 식으로 참여를 호소했다.

“현장 접수…….”

소니아 님이 그 말을 듣고 조그맣게 중얼거렸다.

무대를 바라보는 눈빛.

거기에 동경의 빛이 어려 있었다.

“혹시 출전하고 싶으세요?”

“네?”

정곡을 찔린 것처럼 화들짝 놀랐다.

아마도 적중했나 보다.

그런데 소니아 님은 쓴웃음을 지으며 말했다.

“저기 출전한 사람들은 전부 다 어린 10대 여자애들이잖아요. 나 같은 사람이 출전했다간 번지수를 잘못 찾은 느낌일 거예요.”

기가 죽은 것 같았다.

교복을 입고 학생처럼 보인다고 좋아하면서도, 실제로 10대 여자애들 속에 끼어들고 싶지는 않은 것 같았다.

"내 나이는 아줌마니까요. 젊은 사람한테는 도저히 이길 수 없어요. 출전해봤자 틀림없이 슬픈 경험만 하게 될 거예요."

"뭐 어때요. 그래도 되잖아요?"

"네?"

"소니아 님이 출전하고 싶지 않다면 굳이 출전하시라고 하진 않겠습니다. 하지만 출전하고 싶은데 망설이고 있는 거라면, 출전하시는 게 좋다고 생각합니다."

나는 그렇게 말했다.

"주변 사람들이 뭐라고 하든 휘둘리지 않고, 자기 마음의 소리에 귀 기울여 선택한다. 그것이야말로 틀림없이 자유로운 삶일 겁니다. 그리고, 적어도 여기에 팬이 한 명 있으니까요. 관객석에서 최선을 다해 응원하겠습니다. 소니아 님을 슬프게 하진 않을 거예요."

"……카이젤 씨."

소니아 님은 그렇게 중얼거리더니.

"그래요, 당신 말이 맞아요. 자기가 나가고 싶다고 생각했다면, 자기 마음에 솔직하게 따르는 게 좋겠지요."

잠깐 뜸을 들이다가 마침내 결심한 것처럼 고했다.

"저, 과감하게 참가할게요."

"네. 응원하겠습니다."

『자, 여러분! 현장 접수로 참가하실 분은 안 계시나요?!』

"있어요!"

손을 드는 소니아 님.

『오! 용감한 도전자가 나타났습니다! 자, 어서 무대 위로 올라오세요!』

여자 사회자가 재촉하자 소니아 님은 무대 위로 올라갔다. 돌연 나타난 교복 차림의 여성에게 관객들의 시선이 일제히 집중됐다. 그들이 술렁거렸다.

『성함은 어떻게 되시나요?』

"소니라고 합니다♪"

『네, 그럼 당장 어필할 시간을 드리겠습니다! 음악에 맞춰 당신의 매력을 관객 여러분에게 마음껏 보여주세요!』

음악이 흐르기 시작했다.

소니아 님은 그 음악에 맞춰 관객석을 향해 포즈를 취했다.

그러자 벼락과도 같은 충격이 관객들을 덮쳤다.

"저, 저게 뭐야⋯⋯?!"

"교복을 입고 있는데 아무리 봐도 다 큰 여자잖아!"

"교복도 터질 것 같고. 와, 심하네⋯⋯!"

"하지만⋯⋯ 저렇게 심한 게 오히려 매력적이야!"

"교복을 입은 성인 여성. 최고다!"

"잘한다―! 이쪽도 좀 더 봐줘!"

관객들도 처음에는 당황했지만, 소니아 님의 당당한 태도를 보다 보니 점점 그들의 인식도 달라졌다. 남자 관객들의 환호성이 튀어나왔다.

"저기, 저 사람 왠지 반짝반짝 빛나지 않아? 구속받지 않는 느낌이랄까. 자유? 그런 느낌. 보기만 해도 기운이 나."

"엄청 귀엽기도 하고. 진짜 아름다워!"

"힘내―!"

그리고 여자 관객들도 무대를 마음껏 즐기는 소니아 님의 모습을 보고 감화되었는지, 소리 높여 공감과 동경이 섞인 성원을 보냈다.

모두의 환호성을 들으면서 소니아 님은 신나게 포즈를 취했다. 귀여운 포즈도 있었고 섹시한 포즈도 있었다.

이윽고 음악이 끊기고 어필이 끝나자, 우레 같은 박수가 울려 퍼졌다. 마치 대회장 전체가 뒤흔들리는 것 같았다.

"감사합니다."

이마에 살짝 땀이 난 소니아 님이 웃으면서 관객석을 향해 고개를 깊이 숙였다. 그 표정에는 기분 좋은 피곤함과 성취감이 배어 있었다.

그 후 미인 대회 결과가 발표됐다.

놀랍게도 소니아 님은 멋지게 우승을 차지했다. 그곳에 있는 젊은 여자애들을 다 제치고 당당하게 우승한 것이다.

"설마 우승할 수 있을 거라고는 생각도 못 했어요♪ 아직 젊은 애들을 상대로도 충분히 경쟁력이 있다는 뜻일까요?”

기념 트로피를 품에 안고 기분 좋게 미소를 짓는 소니아 님.

“대회가 끝났을 때 연예 기획사 직원이 나를 스카우트하러 왔어요. 자기네 회사에서 아이돌로 데뷔하지 않겠냐고 하던데요.”

미인 대회에서 우승한 소니아 님한테는 연예 기획사들의 스카우트 제의가 쇄도했다. 다들 소니아 님의 매력에 반한 것이리라.

“난 아줌마이고 애도 있으니까 안 된다고 거절하려고 했는데요. 아줌마이고 애도 있어서 오히려 더 좋다고 하는 거예요. 그래서 나도 좀 마음이 움직일 뻔했어요.”

아니, 그보다도 당신은 여왕님인데요. 그 말은 꿀꺽 삼켰다. 연예 기획사 사람들도 이 사람의 정체를 안다면 놀라 자빠질 것이다.

“그런데 다른 출전자 여러분에게는 못 할 짓을 한 것 같아서 미안해요. 내가 괜히 출전해서 기회를 빼앗아버렸잖아요.”

“원래 실력으로 싸우는 업계니까요. 신경 쓰실 필요는 없을 겁니다.”

“카이젤 씨. 당신은 내 모습을 보고 어떻게 생각했어요?”

“정말 멋지다고 생각했습니다.”

“우후후. 그 말 한마디만 들어도 출전한 보람이 있네요♪”

소니아 님은 만족스럽게 웃었다.

슬슬 날이 저물고 있었다.

걷다 보니 분수 광장에 도착했다.

그곳에도 또 사람들이 모여 있었다.

“자, 다들 와서 보고 가시죠—♪ 메릴 극단의 길거리 공연 시간입니다—.”

들어본 적 있는 목소리.

아마도 메릴과 폴라가 길거리 공연을 하는 것 같았다. 화려한 의상을 입고 손짓·발짓을 해가면서 손님을 모으고 있었다.

지나가던 행인들이 줄줄이 멈춰 서서 어느새 꽤 많은 사람이 모였다.

“……어휴, 저 두 사람이 또 무허가로…….”

기막혀하는 목소리가 등 뒤에서 들렸다.

뒤를 돌아보니 머리를 싸쥐고 있는 엘자의 모습이 있었다.

“어, 안녕? 엘자.”

“아버님——앗?! 아니, 소니아 님?!”

엘자는 우리 모습을 보고 경악했다.

“여왕 폐하가 왜 이런 곳에……?”

“오늘은 몰래 시내에 놀러 나왔답니다.”

“그런데 용케 알아봤구나? 변장하셨는데.”

“저는 근위기사이기도 하니까요. 변장하셔도 알아볼 수 있습니다.”

그런 건가.

“그보다도 아까 그 이야기 말인데, 메릴과 폴라는 여기서 길거리 공연을 하면 안 되는 거야?”

“이 광장에서는 미리 허가받지 않으면 이벤트를 벌일 수 없습니다. 무허가 길거리 공연을 하는 거라면 막아야 해요."

엘자는 메릴과 폴라 쪽으로 다가가려고 했다.

그런데.

소니아 님이 손을 내밀어 그것을 제지했다.

"엘자 씨, 조금만 더 기다릴 수 없나요? 훈계는 길거리 공연이 끝난 후에 해주세요."

"네? 하지만……."

"보세요. 다들 저렇게 흥겨워하고 있잖아요."

소니아 님은 시선을 돌렸다.

길거리 공연을 하는 메릴과 폴라. 그 모습을 지켜보는 남녀노소 관객들── 그들의 얼굴에는 하나같이 즐거운 웃음꽃이 피어나 있었다.

메릴과 폴라를 중심으로 따뜻한 공간이 펼쳐져 있었다.

"규칙은 물론 중요합니다. 하지만 사람들이 즐기고 있다면, 그들의 마음을 우선했으면 좋겠어요."

"……알겠습니다. 소니아 님이 그렇게 말씀하신다면."

"고마워요" 하고 소니아 님은 부드럽게 미소 지었다.

"자, 이왕 이렇게 됐으니 엘자 씨도 같이 구경해요."

우리는 한동안 길거리 공연을 구경했다.

메릴과 폴라가 기술을 선보일 때마다 관객들은 열광했다. 평범하고 소소하지만 온화한 시간이 그곳에 흐르고 있었다.

소니아 님은 그런 광장의 광경을 바라보면서 말했다.

"오늘 하루 동안 도시를 돌아다니면서 그곳에서 살아가는 시민 여러분을 봤습니다. 그리하여 새삼스레 제 역할이 무엇인지 인식할 수 있었습니다.

지금 이렇게 광장에 모여 즐기고 있는 사람들—— 그들의 평온한 행복을 지키는 것이야말로 여왕인 저의 책무인 거겠지요."

그러더니.

소니아 님은 이쪽을 쳐다봤다.

"카이젤 씨. 오늘은 같이 다녀주셔서 감사합니다. 성에서는 맛볼 수 없는 자극적인 시간을 보낼 수 있었습니다."

"아뇨, 천만에요."

"덕분에 내일부터는 다시 여왕으로서 힘내서 일할 수 있을 것 같아요."

"다만" 하고 중얼거렸다.

"나중에 피로가 쌓이면 또 잠시 쉬고 싶어질지도 몰라요. 그때는 또다시 오늘처럼 나와 같이 지내줄래요?"

조금 불안해하는 음색.

그래서 나는 상대를 안심시키기 위해서라도 이렇게 대답했다.

"네. 저라도 괜찮으시다면."

"후후. 그 말을 희망으로 삼아서 힘내볼 수 있을 것 같아요."

소니아 님은 그렇게 중얼거린 후 다시 시선을 광장으로 돌렸다.

길거리 공연은 클라이맥스로 향해가고 있었다.

"마지막은 아주 커다란 불꽃으로 마무리할 거야—."

메릴이 그렇게 선언하더니 밤하늘을 향해 불덩어리를 발사했다.

힘차게 솟구친 불덩어리는 하늘 끝까지 올라갔다. 거기서 잠깐 머무르다가, 밤의 어둠을 물리치듯이 찬란한 빛을 뿜어냈다.

관객들은 모두 다 그 빛을 홀린 듯이 쳐다봤다.

불꽃이 사라지자, 그곳에 어둠이 내렸다.

위를 쳐다보던 얼굴을 다시 아래로 내렸을 때. 소니아 님은 이미 여왕의 표정으로 돌아와 있었다.

"자, 성으로 돌아갑시다."

"모시겠습니다."

왕성으로 가는 길을 걸으면서 생각했다.

소니아 님은 여왕으로서 이 나라 국민들의 행복을 지지하고 있다. 하지만 여왕인 소니아 님도 또 한 명의 인간이다.

때로는 누군가에게 의지하고 싶어질 때도 있을 것이다.

그러니까.

지쳤을 때는 나에게 의지할 수 있으면 좋겠다고 생각했다.

그리고──.

다음에 왕성으로 불려 간 것은 그로부터 3일 후였다.

"최근 왕도에 맛있는 케이크 가게가 생겼다고 들었습니다. 꼭 가보고 싶은데요. 카이젤 씨. 같이 가주시겠어요?"

"……간격이 생각보다 짧군요."

"휴식은 중요하잖아요 ♪"

우후후 하고 장난기 넘치는 미소를 짓는 소니아 님.

나는 쓴웃음을 지었다. 그리고 목적지인 케이크 가게까지 가는 안전한 길을 머릿속의 지도에 그려보기 시작했다.

"카이젤. 좋은 돈벌이 기회를 알려주러 왔다."

어느 날 아침.

손님의 방문을 알리는 초인종이 울려 현관문을 열고 나갔더니, 그곳에는 욕망 넘치는 천박한 미소를 짓고 있는 에트라가 있었다.

에트라는 엄지와 검지를 붙여 돈 모양을 만들면서 말했다.

"나랑 같이 떼돈을 벌어보지 않을래?"

"아니, 됐어."

단호하게 거절하고 현관문을 닫았다.

"안나, 여기다 소금 뿌려줘."

"응, 알았어."

"그건 안 되지!"

그 직후. 분명히 잠갔던 잠금장치가 풀리고 현관문이 억지로 열렸다.

"히히히. 나에게는 잠금 해제 마법이 있거든? 너 같은 애송이가 대현자인 나를 쫓아내는 것은 불가능해."

"야, 이런 데 마법을 쓰지 마."

"이거 참 굉장한 푸대접이구나. 난 너의 마법 스승이야. 더구나 과거에는 같은 파티에 있었던 동료잖아."

"그것과 이것은 별개의 문제지."

돈을 벌지도 못 하는 녀석이 제안하는 돈벌이 기회라니. 신빙

성이라곤 전혀 없었다. 육아 경험이 없는 사람의 육아 이론만큼
이나 들어줄 가치가 없었다.

"돈벌이 기회라니, 어차피 다단계 같은 거 아냐?"

안나가 어이없다는 듯이 말했다.

"에트라 씨. 우리는 그런 거 사절이야. 자유로운 생활이라든가
제품이 순수하게 좋다든가, 뭐 그런 말을 들어도 뭔가를 사줄 마
음은 전혀 안 들거든."

"아니, 이봐. 내가 그런 시시한 이야기나 하러 올 리가 없잖아?
나는 그보다 훨씬 더 도파민이 터지는 큼직한 돈벌이에만 관심이
있다고."

"그게 더 위험한 것 같기도 한데."

나는 그렇게 말했다.

"뭐, 일단 들어보기나 할까. 에트라. 한번 말해봐."

"흥. 드디어 들어줄 마음이 생겼냐? 좋아. 가르쳐줄게. 실은 남
들이 잘 모르는 대박 장소가 있대."

"대박 장소?"

"응. 이 왕도 지하에는 비밀 투기장(鬪技場)이 있는데, 거기서 밤
낮으로 혈기 넘치는 놈들이 죽어라 싸워댄대. 그리고 관객들이
그 승패를 두고 내기를 하는 거지.

그곳에는 공식 투기장과는 비교도 안 될 정도로 엄청난 거금과
열광이 존재한다는 거야.

이기면 하룻밤 만에 억만장자가 된다. 인생을 건 뜨거운 대결

을 벌일 수 있는 거지. 어때? 듣기만 해도 도파민이 폭발하지? 콸콸 쏟아지지 않아?"

"그런 이야기는 들어본 적 없는데. 어디서 얻은 정보야?"

"카지노에 있는 아저씨들이 이야기했어."

"오케이, 해산."

"괜히 들었네."

"아니, 잠깐만! 도박장에서 사는 아저씨들의 정보는 무시하면 안 돼! 성실한 노동자한테서는 얻을 수 없는 정보를 잔뜩 알고 있다고!"

"실없는 농담이겠지."

이어서 나는 한마디 더 했다.

"그런데 왜 나한테 말하러 온 거야? 투기장에서 도박할 거면 너 혼자 해도 되잖아?"

"재미있을 것 같은 이야기는 동료들끼리 공유하는 게 더 재미있잖아."

"응, 그래서 진짜 의도는?"

"돈이 없으니까 빌릴 만한 상대가 있는 게 좋겠다 싶어서. 담보로 잡을 만한 인체 장기는 많을수록 좋으니까."

"이 녀석, 정말 터무니없는 놈이구나……."

사람을 '환금할 수 있는 장기'처럼 취급하지 마.

"아버님, 아직 집에 계셨군요?"

우리가 대화를 나누고 있는데 엘자가 나타났다.

엘자는 기사단 갑옷을 입고 있었다.

한번 출근했다가 무슨 볼일이 있어서 다시 돌아온 것 같았다.

"왜, 무슨 일 있어?"

"여왕 폐하께서 부르십니다. 성까지 와주실 수 있을까요?"

소니아 님의 소집──.

또 휴식을 취하고 싶으니 같이 가 달라는 걸까.

……아니, 하지만 어제도 그랬잖아. 설마 그건 아니겠지.

어쨌든 한번 가보기로 했다.

"카이젤 씨. 일부러 여기까지 와줘서 고마워요."

여왕의 접견실.

옥좌에 느긋하게 앉아 있는 소니아 님은 우선 성에 들어온 나를 위로하는 말을 건네줬다. 그 후 내 옆에 있는 인물에게 눈을 돌렸다.

"어머나, 에트라 씨도 와주셨네요?"

"이 녀석과 이야기하는 도중이었거든."

에트라도 나를 따라왔다.

여왕 폐하 앞에서도 변함없이 불손한 태도였다. 내가 다 조마조마했다.

"저, 그래서 용건은……."

"실은 최근에 이 왕도에 범죄 조직이 잠복하고 있다는 정보를 입수했습니다.

아무래도 그자들은 왕도 지하에 불법 투기장을 만들고, 거기서 모은 자금을 토대로 국가 전복을 꾀하고 있는 것 같아요.”

지하 투기장. 왠지 들어본 듯한 이야기였다. 아니, 실은 방금 들었던 것 같다.

“그 범죄 조직과 과격파 귀족이 손잡고 있다는 소문도 있습니다. 그 정보가 혹시 사실이라면 그냥 내버려둘 수는 없습니다. 그래서 카이젤 씨에게 조사를 부탁드리고 싶습니다.”

“조사……인가요.”

“투기장이 실제로 있다면 그곳에 잠입해 정보를 모으면 좋겠어요.”

“용건이 무엇인지는 이해했습니다.”

그렇게 말한 뒤.

“그런데 왜 저를 선택하신 겁니까? 잠입 임무라면 근위병이나 기사단 측에 맡길 수도 있을 텐데요.”

“조직의 끄나풀이 들어와 있을 가능성이 있기 때문입니다. 설불리 움직였다가는 상대한테 들켜버릴 염려가 있어요. 그 점에서 카이젤 씨는 안심할 수 있죠. 당신은 내가 아는 사람 중에서 가장 신뢰할 수 있는 분이니까요. 실력도 더할 나위 없고요.”

나를 상당히 높게 평가하시는구나.

“어때요, 할 수 있겠나요?”

“이 나라의 평화를 위협하는 놈들이 있다면 그냥 내버려 둘 수는 없죠. 제가 할 수 있는 일이 있다면 협력하겠습니다.”

“우후후. 카이젤 씨가 힘을 빌려주신다면 백만 대군이나 다름 없죠.”

그렇게 이야기가 잘 마무리되고 있을 때였다.

“저기, 그거 보수도 나와?”

에트라가 끼어들었다.

“야, 에트라…….”

“중요한 문제잖아. 이건 거래라고. 여왕 폐하의 부탁이라도 무상으로 받을 수는 없지.”

“그야 물론이죠. 상응하는 보수를 드리겠습니다.”

“구체적으로는 얼마인데?”

“음…… 대충 이 정도일까요?”

소곤소곤 보수가 얼마인지 귓속말로 들은 에트라는.

“뭐?! 그렇게 많이 준다고?!”

소리를 꽥 질렀다.

그 후 얼른 수습하려는 것처럼 “어험” 하고 헛기침을 한 번 하고 나서.

“그럼 나도 협력할게. 초일류 마법사니까. 카이젤 한 사람에게 맡기는 것보다는 더 확실할 거야.”

“어머나. 그것참 믿음직스럽네요. 카이젤 씨의 동료라면 신원과 실력이 둘 다 확실할 테니까요.”

소니아 님은 두 손을 모으며 말했다.

“그럼 카이젤 씨, 에트라 씨. 잘 부탁드릴게요.”

"흥. 그래, 나만 믿어. 돈을 위해 후딱 해결하고 올게."

에트라는 가슴을 활짝 폈다. 그리고 견제하는 것처럼 나에게 말했다.

"미리 말해두는데 보수는 반씩 나누는 거다. 오케이?"

"……그래, 알았어."

질릴 정도로 그 점을 강조했다.

돈에 관해서는 전혀 타협하지 않는다. 그것이 에트라란 인간이었다.

왕성에서 나온 우리는 시내로 내려갔다. 그렇게 이동하면서 방금 소니아 님을 알현했을 때의 내용을 돌이켜보고 정보를 정리했다.

"소니아 님이 말씀하신 범죄 조직이 운영하는 투기장은, 에트라가 소문으로 들었다는 그 지하 투기장과 같은 걸 가리키는 거겠지?"

"응, 그래서 내가 말했잖아? 실제로 있다고. 평일 낮부터 도박장에 오는 아저씨가 하는 이야기가 잘못될 리 없다니까."

"평일 낮부터 도박장에 와 있는 시점에서 이미 정상과는 거리가 먼 것 같다만."

이어서 나는 이렇게 말했다.

"그런데, 제일 중요한 투기장의 위치는?"

"글쎄. 그것까진 나도 몰라. 큰돈과 열광이 소용돌이친다는 이야기를 들은 순간, 그 외의 정보는 전부 다 머릿속에 들어오지 않게 되었거든."

"그러면 우선 어디 있는지부터 알아내야겠군. 카지노에 가서 수소문할 수밖에 없나."

"일일이 캐묻고 다니려고? 흥, 그런 식으로 어느 세월에 찾아?"

"어쩔 수 없잖아?"

"그렇게 답답하게 할 필요 없어. 그냥 낚싯줄을 놓고, 저쪽에서 미끼를 물기를 기다리면 돼."

"무슨 수로?"

"후후. 넌 구경이나 하고 있어."

에트라는 자신만만하게 말하더니 경쾌하게 걸어가기 시작했다. 그 목적지는 카지노였다.

아직 문을 열지도 않았는데, 가게 앞에는 꽤 많은 사람이 줄지어 서 있었다.

듣자니 좋은 기계를 고르려면 그럴 필요가 있다고 한다.

그렇게 줄 서 있는 무기력한 아저씨들이 에트라의 모습을 보자마자 친근하게 손을 들면서 말을 걸었다.

"오, 안녕? 에트라."

"질리지도 않고 또 뜯기려고 온 거냐?"

"이제는 엉덩이 털까지 다 뜯기지 않았어?"

"웃기지 마. 내 털이 얼마나 억세고 강한데. 아주 북슬북슬 무성하거든? 아무리 뜯겨도 금방 또 자란다니까."

그들은 그렇게 인사 대신 천박한 대화를 나눴다.

으하하! 하는 웃음소리가 울려 퍼졌다.

정말 도박장에 잘 어울리는 대화였다.

"있잖아, 저번에 댁들이 지하 투기장이 어쩌고 하지 않았어? 인생을 건 승부를 즐길 수 있다는 그거. 그 투기장, 어디 있어?"

"글쎄. 나도 주워들은 소문이라서 말이지."

"그래? 나는 관심이 있어서 말이야. 그런 데서 한번 놀아보고 싶지 않아?"

"그렇다고 해도, 원래 이런 건 소개로 들어가는 거잖아. 선택받거나 연줄이 있어야 한다고. 아마 귀족이나 돈 좀 있는 상인들이 정도겠지."

"뭐야, 그럼 나도 되겠네. 난 선택받은 인간이니까."

"도박의 신에게는 언제나 선택받지 못하고 있지만."

"맞아, 맞아. 으하하!"

"아무튼 다른 녀석들한테도 말 좀 해줘. 내가 투기장에 관심이 있다고. 혹시 거기와 연줄이 있는 녀석이 있으면 나한테 데려와줘."

"뭐, 못할 건 없다만, 이런 것도 죄가 되는 거 아냐? 자살교사죄 같은 거."

"무슨 소릴 하는 거야. 왜 내가 파멸할 정도로 질 거라고 단정 짓는데? 그렇게 아무 말이나 막 떠들어대면, 진짜로 확 날려버린다?"

에트라는 마당발인 것 같았다. 그 후에도 단골손님인 듯한 사람들에게 계속해서 말을 걸었다. 에트라는 그들에게도 같은 이야기를 했다.

"좋아, 이거면 됐어."

여기저기서 대충 이야기를 끝낸 후에 에트라는 만족스럽게 중얼거렸다.

"이로써 내가 지하 투기장에 찾는다는 사실이 쫙 퍼질 거야. 이후는 낚싯바늘에 사냥감이 걸릴 때까지 기다리면 돼."

"그게 그렇게 잘될까?"

나는 의문을 표했다.

"우리를 소개해줄 사람이 그렇게 운 좋게 나타날 것 같진 않은데. 투기장의 관객은 대부분 귀족이라잖아?"

"야, 내가 누구냐. 대현자라 칭송받는 대마법사라고. 가만히만 있어도 내 환심을 사서 이참에 연줄 좀 만들어 보려는 녀석들이 우르르 찾아올 거다. 그리고 운영자 측도 나를 초대하는 게 싫지는 않을 거야. 나는 날마다 카지노에 눌러앉아 미친 듯이 연패하고 있으니까. 투기장으로 초대해도 틀림없이 똑같은 짓을 반복하겠지? 그런 나를 빚더미에 앉혀 꼼짝 못 하는 상태로 만들면, 자기들 마음대로 부릴 수 있잖아? 범죄 조직의 입장에서는 대현자인 나의 힘은 엄청나게 탐이 날 거야. 말하자면 호구가 날 잡아먹으세요~ 하고 두 팔 벌려 환영하고 있는 거지. 그놈들이 그걸 놓칠 리가 없어."

"그렇군. 일리 있는 생각일지도 몰라."

요컨대 에트라는 자기 자신을 미끼 삼아 투기장으로 가는 길을 뚫으려는 것이었다.

나는 이렇게는 할 수 없다. 내가 미끼를 자처해봤자, 상대가 경계할 게 뻔하니까.

날마다 카지노에 다니면서 연패를 거듭하고 있는 에트라이기 때문에 쓸 수 있는 작전이었다.

"그나저나, 설마 네게 호구란 자각이 있을 줄이야."

"아니, 난 호구인 척하는 늑대야."

아, 그래?

어쨌든 떡밥은 다 뿌렸다. 이제는 사냥감이 걸려들기를 기다릴 뿐이다.

그 후 에트라는 한동안 슬롯머신에 붙어 있었고 나까지 덩달아 그 옆에 있어야 했다. 그러다가 에트라의 돈이 다 떨어졌을 때 가게를 나왔다.

"아—. 짜증 나."

에트라는 혀를 차면서 불쾌하다는 듯이 그런 말을 뱉었다.

"카이젤, 초밥 먹으러 가자."

"돈을 잃었는데도?"

"오히려 돈을 잃었을 때 초밥을 먹어야 하는 거야."

그런 이념이 있는 모양이다.

우리는 초밥 가게로 이동하려고 했다. 그런데 걸음을 떼려다가 동시에 서로 눈짓했다. 주위에서 누군가의 시선이 느껴졌기 때문이다.

이거 혹시——.

상대를 유혹하는 것처럼 일부러 골목으로 들어갔다. 그러자 잠시 후 뒤에서 누가 말을 걸었다.

"……에트라 님이시죠?"

뒤를 돌아보니 그곳에는 검은 옷의 남자가 서 있었다.

"응, 그런데? 댁은 누구야?"

"……에트라 님이 자극적인 도박을 원하신다는 소문을 들어서요. 그 기대에 부응할 만한 정보를 드리려고 왔습니다."

걸려들었구나! 하고 생각했다.

이 남자는 아마도 운영 측의 인간일 것이다.

카지노의 단골손님들 사이에서 퍼진 소문을 듣고 에트라를 만나러 온 것이리라.

설마 이렇게 빨리 낚일 줄이야.

"흐응. 재미있겠는데? 좋아, 이야기를 들어줄게. 뭔데?"

"말로 하는 것보다는 실제로 보시는 게 더 빠를 겁니다. 괜찮으시다면 대회장까지 안내하겠습니다만."

"좋아. 데려다줘."

"알겠습니다."

검은 옷의 남자는 공손히 인사하더니 우리를 인도하는 것처럼 걷기 시작했다.

에트라뿐만 아니라 내가 동행하는 것에 대해서도 아무 말도 하지 않았다.

동료라고 생각해서 그런 걸까.

우리는 한동안 인적 없는 어두운 골목길을 걸어갔다. 그러다가 어느 구역에서 검은 옷의 남자가 멈춰 섰다.

오래된 철망—— 그곳의 자물쇠를 열고 건너편으로 들어갔다.

그곳에는 폐허가 된 낡은 오두막이 있었다. 문을 열었더니, 아무것도 없는 공간 한가운데에 지하로 내려가는 계단이 있었다.

——이러면 간단히 발견되진 않겠구나.

검은 옷을 입은 남자를 뒤따라 계단을 내려간 지 몇 분 후. 마침내 시야가 탁 트였다.

그곳에 투기장이 있었다.

사발처럼 쑥 들어간 곳의 중앙에 무대가 있었다. 그곳에서 억센 사나이들이 사투를 벌이는 중이었다. 주위를 에워싼 관객석에서는 환호성이 터져 나오고 있었다.

기이한 활기와 열광이 이 대회장 전체를 지배하고 있었다.

"이 지하 투기장에서는 밤낮으로 진정한 싸움이 벌어지고 있습니다. 돈을 걸어도 좋고, 아니면 관전만 해도 충분히 즐거우실 겁니다."

"싸우고 있는 저 사람들은? 대체 누구지?"

"대부분 바깥 세계에서는 살아갈 수 없게 된 사람들입니다. 범죄자도 있고, 살육에서만 쾌락을 얻는 사람도 있고. 노예로 팔린 사람도 있습니다. 그리고 그중에는 순수하게 싸움을 하고 싶어서 여기까지 온 사람도 있습니다. 바깥 세계에서는 사람을 다치게 하면 체포되지만, 여기서는 추앙을 받거든요. 그러니까 아무 생각 없이 마음껏 싸울 수 있습니다. 모두 실력에는 자신 있는 사람들입니다."

"난 지금 돈이 없는데. 혹시 빌릴 수 있어?"

"네. 한도 안에서 얼마든지 돈을 빌릴 수는 있습니다. 참고로 돈을 빌린다면 이자는 하루마다 5할입니다."

"엄청난 고리대네. 그래서 돈을 못 갚으면?"

"온갖 방법을 동원해서 돈을 받아냅니다."

"그건 안 듣는 게 낫겠다. 빌리지도 못하게 될 테니까."

말은 그렇게 했지만, 에트라라면 설령 그 내용을 듣더라도 돈을 빌릴 거라고 나는 생각했다. 에트라는 그런 사람이니까.

"배팅 접수처는 저쪽입니다. 만약 돈을 빌리고 싶다면 반대쪽 접수처로 가시면 됩니다."

검은 옷의 남자는 거기까지 말하고 나서.

"자, 이제 설명은 끝났습니다만. 뭔가 질문 있으십니까?"

"없어. 안내하느라 고생했어."

"그럼 느긋하게 즐기시길."

검은 옷의 남자는 정중하게 고개를 숙인 후 떠나갔다. 그 모습이 사라진 다음에 나는 에트라에게 말을 걸었다.

"자, 이제 어쩔래? 이 정도 정보만 보고해도 충분할 거 같은데."

투기장의 위치를 알았으니 언제든지 제압할 수 있다. 일단 최소한의 일은 해냈다고 봐도 될 것이다.

"무슨 소리를 하는 거야? 모처럼 투기장에 왔는데 도박을 안 하면 실례라고. 운영 측한테도 의심받을 수도 있고."

"아니, 너…… 돈 없잖아?"

"아까 검은 옷 입은 녀석이 말했잖아? 돈 빌려준다고."

"그랬다가 지면 어쩌려고? 아무리 상대가 범죄 조직이어도, 빌린 돈을 떼어먹는 것은 의리 없는 짓이라고 생각해."

"아, 걱정 마. 그럴 일은 없으니까. 왜냐하면 반드시 승리하는 방법이 있으니까."

"반드시 승리하는 방법?"

"그래. 120% 승리하는 방법. 알고 싶어?"

"일단 들어보자."

"바로 네가 투사가 되어 시합에 나가는 거야."

"뭐?"

"네가 출전하면 누가 나오든 이길 수 있잖아? 다소 실력이 괜찮은 피라미 따위 상대도 안 될 테지. 그러니까 내가 너의 승리에 돈을 모조리 베팅하는 거야. 그걸 반복하면 순식간에 돈을 왕창 벌 수 있어. 어때, 천재적이지?"

에트라가 득의양양하게 말했다.

"몹시 뻔뻔한 계획이네."

나는 어처구니없어하면서 말했다.

"애초에 투기장에 그렇게 무작정 나갈 수 있나?"

"여기는 무법지대잖아. 수속조차 필요 없을 거야. 실력만 있으면 당장 출전할 수 있겠지."

에트라는 그렇게 말하더니.

"자, 이거. 써" 하고 뭔가를 건네줬다.

"뭐야, 이건? 가면?"

"얼굴은 숨기는 게 좋잖아? 너를 아는 녀석이 있으면 배당이 흔들린다고."

"준비성도 좋구나."

그때 나는 문득 깨달았다.

"잠깐만, 너 설마 돈벌이 기회를 알려주러 왔다고 말했을 때부터 이럴 생각이었어?"

"후후. 그렇지. 불법 지하 투기장 이야기를 듣자마자 아이디어가 떠오르더라고. 신분을 숨긴 너를 시합에 출전시켜서 돈을 번다. 얼마나 쉬워."

에트라는 의기양양한 표정을 지었다.

"게다가 투사가 되어 내부에 잠입하면, 여러 가지 정보도 얻을 수 있을 거야. 어때, 돈도 벌고 정보도 얻고. 일석이조잖아?"

이 와중에 임무 수행을 위해서라는 그럴싸한 이유까지도 준비하고 있었다. 이런 데서는 빈틈이 없다니까.

뭐, 어쨌든 일리 있는 이야기였다.

현재로선 그 외에는 뭔가 할 수 있는 일도 없는 것 같고. 여기서는 에트라의 말대로 투사로서 시합에 출전하는 것도 괜찮을지도 모른다.

“좋아, 그럼 정해졌네. 우리 둘이 돈을 팍팍 벌어보자.”

이히힛! 하고 사악하게 웃는 에트라. 너무 흥분해서 침까지 흘리고 있었다. 임무는 이미 깨끗이 잊어버린 것 같았다.

신분을 숨기고 투사로서 시합에 출전한다.

일이 그렇게 순조롭게 풀릴까? 하고 걱정했는데 그것도 기우였다. 접수처에 있는 사람에게 물어봤더니 당장 오늘부터 출전할 수 있게 되었다.

설마 이렇게까지 순조로울 줄이야.

단, 출전하려면 계약서를 써야 했다. 그것은 시합에 의해 목숨을 잃더라도 자기책임이라는 내용이었다.

그거야 그렇겠지, 하고 생각하면서 순순히 사인을 했다.

오히려 생각보다 꼼꼼한데? 하고 놀랐다. 원래 불법 지하 투기장이라고 하면 다짜고짜 사람을 싸움터에 처넣는다는 이미지가 있었으니까.

문제는 출전자 이름이었다.

카이젤이라고 하면 정체가 들통날 것이다. 그러니 가명을 써야 한다. 자, 이걸 어쩐다? 하고 고민하고 있었는데.

“그럼 내가 정해줄게.”

에트라가 종이를 빼더니 거침없이 펜으로 뭔가를 적은 후 제멋대로 제출했다.

막을 틈도 없었다.

등록을 마치자 곧바로 다음 시합에 출전하게 되었다. 나는 대기실로 안내받았다. 시합 시간이 되자 담당자가 나를 불렀다.

긴 통로를 지나서 넓은 대회장에 도달했다.

눈앞에는 대결 상대가 있었다.

우락부락한 근육질 육체에는 굵은 쇠사슬이 감겨 있었고, 대머리에는 상처가 몇 개나 남아 있었다. 번쩍번쩍한 날카로운 눈은 호전적으로 빛나고 있었다.

아무리 봐도 멀쩡한 놈이 아니었다. 어둠의 세계에 속한 인물이었다.

『자, 오늘의 제4시합! 출전하는 투사를 소개하겠습니다!』

대회장의 남자 중계자의 목소리가 들려왔다.

『우선 오른쪽 투사── 이 시합이 첫 출전! 가면으로 숨긴 맨얼굴과 실력은 둘 다 미지수! 과연 어떤 싸움을 보여줄까요?! 마스크 드 K!』

와아! 하는 환호성이 터져 나왔다.

나는 가면 밑의 얼굴이 뜨거워지는 것을 느꼈다.

마스크 드 K.

그것이 에트라가 제멋대로 등록시킨 내 이름이었다. 솔직히 말해 너무 촌스러웠다. 덤으로 한마디 더 하자면, 가면도 너무 촌스러웠다. 이건 변태 파티에서나 쓸 것 같은 가면이었다.

『다음은 왼쪽 투사──지금까지 죽인 상대는 100명 이상! 대결 상대가 항복해도 신경 쓰지 않고 상대를 갈가리 찢어버리는 쾌락 살인마!

이번에도 또 대회장에 피의 비를 내리게 할 것인가?! 선혈의 양 손 손톱 전사! 겔루프 킬러 네일!』

와아! 하고 더 큰 환호성이 터져 나왔다.

"썰어버려—!"

"저 변태 가면의 맨얼굴을 백일하에 까버려!"

"우리에게 피의 물보라를 보여줘!"

관객석은 기이한 흥분으로 가득 차 있었다.

유복해 보이는 차림새. 아마도 그들은 귀족이나 돈 좀 있는 녀석들일 것이다. 지루함을 달래줄 자극을 원하는 걸까.

돈과 신분은 얻었어도 품성은 살 수 없었던 모양이다.

"쯧쯧, 상대를 잘못 만났구나."

대머리 거한—— 겔루프가 입을 일그러뜨리며 웃었다.

"지금까지 나는 5전 5승. 한 번도 진 적이 없어. 대결한 상대는 모조리 죽여버렸지. 이 검붉은 손톱은 사냥감들의 피로 물들어 있다."

돌연 자신의 설정을 설명하기 시작했다.

"그렇게 피를 뒤집어쓰면 녹슬어서 무뎌지지 않아?" 하고 나는 무심코 지적을 해봤다. 위생적인 문제도 있을 것 같았다.

"그리고 네 몸에 두르고 있는 쇠사슬. 그거 필요한 거야?"

"큭큭큭. 이 몸의 손톱은 특제품이거든."

겔루프가 그렇게 웃고 나서 말을 이었다.

"알아? 이 시합의 배당률. 이 몸이 1.2배이고 너는 10배다. 이게 무슨 뜻인지 알겠냐?"

"글쎄."

"관객들은 다들 내가 이긴다고 생각한다는 뜻이다. 네가 이길 거라고는 생각을 안 하는 거야. 관객들은 다들 네가 무참히 찢어져 죽는 것을 기다리고 있어."

"그런가. 에트라가 기뻐하겠군."

힐끔 관객석을 봤다.

맨 앞줄에 에트라가 앉아 있었다.

내가 참가 신청을 마친 후, 저 녀석은 접수처에서 돈을 최대한도까지 빌린 뒤 망설임 없이 전액을 나의 승리에 걸어버렸다.

내가 지면 즉시 파멸인데. 그런데도 내가 질 거라고는 눈곱만큼도 생각을 안 하는 것 같았다.

──배신할 수는 없지.

"제법 위세가 당당하구나. 좋아, 잡담은 이제 그만하자. 무기를 꺼내라. 당장 싸움을 시작하자고."

"그래."

내가 허리에 차고 있던 검을 뽑자, 겔루프의 표정이 일그러졌다.

"목검? 무슨 생각으로 그딴 걸 들고 온 거냐?"

투기장에서는 어떤 무기든지 쓸 수 있다.

실제로 겔루프는 양쪽 손톱을 장비하고 있었다. 그러나 나는 진검이 아니라 훈련용 목검을 들고 왔다.

"나는 실수로라도 죽이고 싶은 생각은 없거든. 목검은 그럴 염려가 없잖아. 주저 없이 마음껏 싸울 수 있지."

실은 상대를 죽여도 규칙 위반은 아니었다. 하지만 단순히 내 기분이 찝찝해져서 싫었다. 죽이지 않고 넘어갈 수 있다면 그게 더 좋았다.

"……잘도 그렇게 사람을 깔보는구나."

뿌드득. 겔루프가 분노하여 어금니를 꽉 깨물었다. 대머리는 불그스름하게 달아오르고, 관자놀이에는 굵은 핏줄이 돋아났다.

"——멍청한 새끼! 아주 잘게 다져주마!"

그는 포효하면서 덤벼들었다.

거한이라는 게 믿어지지 않을 정도로 빠르게 확 다가오더니 양쪽 손톱을 휘둘렀다.

검붉은 손톱이 공간을 찢으면서 이쪽으로 접근했다.

사실 그 일격은 내 몸에 닿았어야 할 것이다. 그러나 실제로는 닿지도 않고 허망하게 허공을 갈랐다.

손맛이 느껴지지 않자, 겔루프는 대체 무슨 일이지? 하고 자기 손톱을 확인했다. 그리고 곧 경악하여 눈을 크게 떴다.

"앗——?!"

검붉게 칠해진 두 손톱의 끝부분—— 열 개의 손톱 끝이 몽땅 잘려 나간 것이다. 발치에는 철제 손톱들이 흩어져 있었다.

관객석에서도 술렁거리는 소리가 들렸다.

“아, 아니, 뭐야?! 대체 뭘 한 거냐……?!”

“특별한 짓은 안 했어. 목검을 휘둘러 양쪽 손톱을 잘라냈다. 단지 그뿐이야. 네 눈은 그걸 보지 못한 것 같지만.”

“마, 말도 안 돼……! 속도도 그렇지만, 애초에 내 손톱은 강철로 되어 있는데?! 목검 따위로 잘라낼 수 있을 리 없잖아!”

“목검으로도 잘라낼 수 있어. 잘라낼 장소만 잘 찾아내면.”

만물에는 급소 부위가 있다. 그곳을 찾아내 베면 된다. 하기야 그에 상응하는 실력이 있어야 하지만.

아연실색하는 겔루프를 향해 나는 질문을 던졌다.

“어쩔래? 계속 싸울 거냐? 여기서 그만두면 다치진 않을 텐데.”

“──웃기지 마! 손톱이 없어도 그냥 네놈을 죽여 버리면 돼! 그 가느다란 목을 부러뜨려 주마!”

흥분하여 그의 대머리가 붉어졌다. 그는 격정에 사로잡혀 이쪽으로 돌진했다.

그 모습은 거대한 멧돼지를 연상시켰다.

겔루프가 나를 붙잡으려고 했지만, 나는 반신을 뒤로 빼서 투우사처럼 가볍게 피했다. 그리고 무방비한 그의 명치에 주먹을 꽂아 넣었다.

“──크헉?!”

겔루프는 눈알이 튀어나올 정도로 눈을 부릅떴다. 그대로 운석처럼 힘차게 뒤로 날아가서 투기장 벽에 등으로 쾅 부딪쳤다.

“이봐──, 괜찮아?”

꿈틀거리면서 다 죽어가는 상태로 경련하는 겔루프. 나는 그에게 다가가 쪼그려 앉아서 그놈의 목덜미를 잡아 일으켰다.

그리고 눈을 맞추면서 질문을 던졌다.

"계속 싸울래? 원한다면 상대해줄게."

"(도리도리.)"

겔루프는 머리를 옆으로 격렬하게 흔들었다. 더 이상은 못 하겠다는 뜻인가 보다.

"그렇다는데?"

항복 의사를 확인한 후 나는 중계석을 힐끗 봤다. 그러자 남자 중계자는 허둥지둥 마이크를 손에 쥐고 소리를 질렀다.

『게, 겔루프 선수가 전투 불능이 되었으므로, 승자는—— 마스크 드 K!』

결판이 났는데도 관객석에서는 환호성이 나오지 않았다.

"거, 거짓말이지?! 겔루프가 저렇게 쉽게 지다니……!"

"이거 진짜로 괴물 신인이 튀어나왔는데?!"

"도대체 정체가 뭐야? 마스크 드 K……!"

예상이 빗나가 다들 당황하고 있었다.

"그야 뭐, 질 리가 없잖아? 뭐니 뭐니 해도 저 녀석은 내 제자니까. 애초에 싸움이 성립되지도 않는다고."

그중에서 단 한 명, 에트라만은 마치 뭐든지 다 아는 수수께끼의 후원자처럼 득의양양하게 웃고 있었다.

무사히 내가 승리함으로써 에트라는 큰돈을 벌게 되었다.

최대한도로 빌린 돈을 배당률 높은 시합에다가 확 쏟아부었으니까. 이기면 당연히 그만한 보상을 받을 수 있었다.

"으햐햐. 이렇게 크게 따낸 게 도대체 얼마 만이지? 오늘 저녁은 최고급 초밥이다. 아니면 고기나 구워 먹으러 갈까?"

에트라는 몹시 기뻐하면서 천박하게 소리 내어 웃어댔다.

"그럼 이제 나는 그만해도 되지?"

"무슨 소리야? 이제부터 시작인데."

"뭐?"

"계속 싸워서 계속 이기는 거야. 그래서 계속 돈을 버는 거지."

에트라는 이 일에 맛 들인 것 같았다.

"너도 이기면 대전료를 받을 수 있잖아? 꽤 많은 금액. 또 듣자니 20연승을 하면 10억을 받을 수 있다고 하던데."

"응, 그렇다고 하더라."

시합 출전 신청을 할 때 접수원이 그런 말을 했었다.

10억. 어마어마한 금액이다.

그 돈을 얻으려고 실력에 자신 있는 참가자들이 몰려드는 것이리라.

"투기장의 돈은 범죄 조직의 자금원이 되고 있잖아. 그러니까 우리 둘이 그 돈을 싹싹 긁어 가면, 조직의 활동도 저지할 수 있는 거지. 안 그래?"

"흠, 그건 그렇지."

"게다가 고작 한 번 싸운 걸로는 내부의 정보도 별로 얻을 수 없어. 계속 시합에 출전하면서 쭉 찾아야 한다고."

그러더니 에트라는 내 어깨에 턱 하고 손을 올렸다.

"자, 그러니 앞으로도 잘 부탁해. 나는 너의 승리에 계속 돈을 걸 테니까. 우리 같이 떼돈을 벌어보자."

"생각을 해봤는데, 굳이 나를 내보내서 돈을 걸지 않아도, 네가 직접 시합에 출전해서 20연승을 하면 10억을 혼자 먹을 수 있잖아? 그게 낫지 않아?"

에트라의 실력은 의심의 여지가 없다. 아주 쉽게 거금을 손에 넣을 수 있을 것이다.

"흥, 넌 바보구나. 그러면 재미가 없잖아. 나는 도박으로 일확천금을 노리고 싶은 거야. 그래야지만 도파민이 제일 많이 분비되니까."

무조건 도박을 통해 거금을 손에 넣고 싶은가 보다. 에트라에게는 에트라 나름의 철학이 제대로 있는 모양이다.

결국 에트라의 꼬임에 넘어가 계속 시합에 출전하게 되었다.

그런데 일단 한 번은 보고하러 갈 필요가 있다고 판단했다.

그래서 우리는 투기장을 뒤로하고 왕성으로 향했다. 그곳에서 얻은 정보를 소니아 님에게 보고했다. 그리고 향후 방침에 관한 의견을 이야기했다.

"알겠습니다. 그럼 계속 투기장에 잠입하여 꾸준히 시합에 출전하면서 내부 정보를 모아주세요."

쉽사리 오케이 사인이 났다. 그리하여 임무 속행이 정식으로 결정됐다.

"좋았어!"

에트라는 해냈구나! 하고 주먹을 불끈 쥐었다. 기쁨을 폭발시키는 중이었다.

새로운 마법을 개발하거나 어려운 임무를 달성했을 때도 끝내 보지 못한 표정이었다.

그때부터 나는 정기적으로 투기장 시합에 출전하게 되었다. 정체를 들키면 안 되니까 전처럼 쭉 가면을 쓴 상태였다.

물론 날마다 그럴 수는 없었다. 다른 일도 있으니까. 하지만 시간이 날 때마다 틈틈이 투기장에 부지런히 드나들었다.

시합은 연전연승이었다.

파죽지세로 눈 깜짝할 사이에 10연승을 달성했다. 단기간 내에 무패의 성적을 유지하면서 여기까지 온 것은 투기장 설립 이후 최초의 쾌거라고 한다.

어느새 대전료도 꽤 많이 벌었다.

그러는 사이에 내 이름은 투기장에서 널리 알려지게 되었다. 이제는 대기실에 있으면 다른 출전자들이 나에게 말을 걸기도 했다.

"이봐요, 마스크 나리. 오늘도 끝내주게 잘 싸우던데요."

한 남자가 두 손을 비비면서 다가왔다.

닭벼슬처럼 생긴 모히칸 머리와 가시가 박힌 어깨 패드.

귀와 코와 입, 구멍이란 구멍에는 죄다 피어싱을 해놓았다. 아무리 봐도 멀쩡한 일반인은 아니게 생긴 이 남자는 반짝거리는 선망의 눈동자로 나를 보고 있었다.

"1:1이든 난투든 다 상관없이 압승하잖아요? 보기만 해도 반할 정도로 강하다니까."

이 남자는 나를 동경하는 것 같았다. 난감하게도 나를 잘 따랐다.

"아, 진짜로 제자가 되고 싶어~."

절대로 제자로 삼고 싶지 않다.

"나리는 틀림없이 바깥에서는 유명한 범죄자일 테지요? 지금까지 대체 몇 명이나 되는 사람들의 피를 빨아먹은 겁니까?"

애초에 범죄자도 아니고, 피를 빨아먹은 적도 없다.

"그런데 조심하는 게 좋을 겁니다. 지나치게 눈에 띄면 제거될 테니까."

"그게 무슨 소리야?"

"이 투기장에서 20연승을 달성하면 10억을 받을 수 있다는 이야기는 들어보셨죠? 그런데 그 20번째 시합의 상대는 사실 정해져 있거든요. 소문에 의하면 그 남자는 이 투기장을 지배하는 조직의 보스라고 해요. 전직 A랭크 모험가인데요. 드래곤을 토벌한 적도 있다더군요. 그동안에도 20연승 코앞까지 다가간 녀석이 몇 명 있었거든요. 하지만 그놈들은 죄다 순식간에 반격당해 목숨을 잃었어요. 그러니 10억은 어차피 도전자를 모으기 위한 미끼인 거죠. 그들은 실제로 그 돈을 내어줄 생각이 없습니다.”

“흠, 제법 유익한 정보구나.”

20연승을 달성하기 직전에 앞을 가로막는다는 남자. 그가 조직의 인간이라면, 그놈을 쓰러뜨리면 조직을 괴멸시킬 수 있을 것이다.

그리고 조직을 배후에서 조종하고 있는 귀족의 정체도 밝혀낼 수 있을지도 모른다.

“실은 나리처럼 파죽지세로 연승을 거듭하고 있는 사람이 또 한 명 있는데. 그 사람한테 충고했을 때도 똑같은 소리를 들었지 말입니다~.”

닭벼슬 남자는 전혀 기죽지 않은 듯한 나를 보고 감탄하고 있었다.

“역시 강한 사람들은 다들 두려움이 없나 봐요~. 크으~! 왜 이렇게 멋있지?!”

너의 그 외모야말로 두려움이라곤 전혀 없어 보이는데. 나는 그렇게 생각했지만, 말하지는 않았다. ‘앞으로 멀쩡한 직업은 절대로 가지지 않겠다’라고 결심하지 않고서야 저러지는 못할 것이다.

그 후 진행된 시합을 승리로 마무리하고 접수처로 돌아왔더니, 에트라가 불만스러운 표정으로 나에게 다가왔다.

“요새는 수입이 영 안 좋아.”

“왜? 시합은 계속 이기고 있는데.”

“오히려 그게 문제겠지. 너무 많이 이기는 바람에 배당률이 낮아졌어. 자, 이거 봐. 일껏 이겼는데도 배당금이 1.2배밖에 안 되잖아?"

내가 연속으로 자꾸 승리하니까 이제는 다른 관객들도 우르르 몰려와 나에게 돈을 거는 바람에, 결과적으로는 배당률이 낮아진 것 같았다.

"야, 너. 다음 시합에서는 일부러 져라, 응? 나는 네 대결 상대에게 전 재산을 베팅할 테니까. 그러면 쉽게 떼돈을 벌 수 있을 거야."

"승부 조작을 하자고? 미안하지만 그건 안 될 거 같다. 20번 연승하면 조직의 보스를 끌어낼 수 있는 것 같거든."

"어, 뭐야? 그게 무슨 소리야?"

나는 대기실에서 얻은 정보를 에트라에게 전달했다.

"호오."

에트라는 짧게 중얼거리더니 히죽 웃었다.

"그거 좋네. 그 조직의 보스가 대결 상대라면, 네가 이겼을 때의 배당금 배당률도 확 올라갈 테니까. 여태까지 져본 적이 없다는 거지? 그놈은. 그 시합에서 지금까지 내가 번 돈을 몽땅 쏟아부으면 대박이 날 거야. 그리고 너는 경사스럽게도 20연승을 달성해 10억을 손에 넣을 수 있겠지. 그만한 돈을 억지로 토해낸다면, 투기장과 조직이 한꺼번에 쫄딱 망해버릴 거야. 그러면 결과적으로는 우리가 여기 온 목적도 달성할 수 있을 테고. 일석이조잖아?"

결과적으로는 그럴 것이다.

조직도 멸망시킬 수 있고, 에트라도 내기에 이겨 큰돈을 손에 넣을 수 있고. 완벽한 피날레다.

그렇게 이야기가 대충 정리됐을 때 나는 문득 뭔가를 떠올렸다.

"그러고 보니 접수처에서 들었는데. 너 요새는 내가 출전하지 않는 날에도 날마다 투기장에 들락거린다면서?"

"응. 그런데 왜?"

"내가 없는 날에도 제법 괜찮게 도박에 성공하는 것 같던데. 원래 평소에는 계속 실패하기만 했잖아. 대체 어떻게 된 거야?"

"아니, 이봐. 나도 가끔은 성공하는 날도 있거든?"

에트라는 적당히 얼버무리듯이 말하더니.

"아무튼 20번째 시합이 중요해. 그 시합에서 화려하게 승리해서 이 투기장의 돈을 모조리 싹쓸이해 버리자."

사악한 미소를 짓고 있었다.

왠지 우리가 악당이 된 것 같았다.

그 후에도 무난하게 계속 승리하여 마침내 19연승에 다다랐다.

닭벼슬 남자의 말대로 20연승을 앞둔 시합의 상대는 정해져 있었다.

그 남자의 이름은 드레이크라고 했다. 그는 지금까지 어떤 시합에서도 본 적이 없었다. 그래서 운영 측의 사람이라는 소문도 신빙성이 더해졌다.

그리하여 맞이한 시합 당일.

나는 대기실 벤치에 앉아 시합 개시 시간이 되기를 기다리고 있었다.

관객들의 대체적인 평가를 들으니, 내 승리를 점치는 사람은 그리 많지는 않은 것 같았다.

그런 사람들도 일부 있긴 했는데, 대부분은 드레이크가 이긴다고 생각했다.

드레이크는 지금까지 20연승의 고지에 오르려고 했던 사람들을 전부 다 물리쳤다고 하니까. 그 실적이 신뢰가 된 것이리라.

에트라는 이런 상황을 오히려 환영했다. 내 배당률이 올라가면 올라갈수록 내가 이겼을 때의 배당금이 커지기 때문이다.

참고로 오늘 시합은 일대일이 아니었다.

나와 또 한 명. 20연승을 목전에 둔 도전자가 있는 듯했다.

관객들의 이야기를 들어보니 아마도 여성인 것 같았다.

보잉 더 R이라는 이름의 이 여성은 나와 거의 비슷한 시기에 투기장에 참전해서 순식간에 20연승의 고지 코앞까지 올라왔다.

주로 내가 다른 일을 하느라 바빠서 투기장에 없었던 날에 이 여성이 활약했던 모양이다. 그래서 나는 그 여성 투사의 모습을 한 번도 본 적이 없었다.

──도대체 어떤 녀석일까. 아니, 그나저나 등록된 이름이 너무 촌스럽지 않아?

자기 이름을 보잉*이라고 짓다니, 어지간히 외모에 자신이 있

---

*일본어로 '풍만한 가슴'.

는 건가……?

오늘은 나와 그 여성 투사와 드레이크, 그렇게 셋이 혼전을 벌이게 될 것 같았다.

지금까지도 일대일로만 싸운 게 아니라 여럿이서 난투를 벌인 적도 여러 번 있었다.

나까지 포함해 네 명이 난투를 벌이게 됐는데, 나머지 세 명이 손잡고 나를 공격해서 내가 셋 다 격퇴한 적도 있었다. 그러니까 문제는 없다. 아마도.

나는 싸움을 앞두고 투쟁심을 북돋웠다. 어느새 시합 개시 시간이 찾아왔다. 나를 부르러 온 담당자의 안내를 받아 긴 통로를 걸어가다가 탁 트인 대회장으로 나갔다.

그 순간. 폭발적인 환호성이 내 몸을 감쌌다.

역사적인 순간을 구경하러 온 관객들이 뜨겁게 열광하고 있었다. 광기 어린 열기가 대회장 전체를 뒤덮고 있었다.

투기장 중앙에는 한 남자가 서 있었다.

검은색 옷으로 몸을 감싼 그 남자는 온몸을 붕대로 가리고 눈 부분만 내놓고 있었다. 그런데도 단정한 외모인 건 알 수 있었다.

아마도 이 남자가 드레이크일 것이다.

나와 눈이 마주치자, 그 눈이 웃음기 어린 형태를 띠었다.

질 수 없는 싸움을 앞두고 있는데도 왠지 여유로운 태도였다.

가만히 서 있는 모습은 고요했지만, 온몸에서는 강력한 투기가 넘쳐흐르고 있었다.

강하구나. 그렇게 생각했다.

전직 A랭크 모험가로서 드래곤을 토벌한 적이 있다고 하던데, 그것도 납득이 갔다. 지금까지 싸웠던 대결 상대들과는 레벨이 다르다는 것을 알 수 있었다.

바로 그때였다.

옆에 있는 통로에서 또 한 명의 도전자가 나타났다.

그 여자의 모습을 본 순간, 나는 무심코 소리를 지르고 말았다.

"어!"

타오르는 듯한 붉은 머리카락. 키가 크고 탄탄한 육체.

노출이 심한 전투복.

사람의 키만큼이나 거대한 대검.

얼굴에 가면은 쓰고 있지만, 그 외양은 분명히 본 적이 있었다.

"레지나……?"

"……너 설마, 카이젤이냐……?!"

상대도 내 정체를 눈치챈 듯했다.

"네가 왜 이런 곳에 있어?"

"그건 내가 할 말인데."

"나는 투기장의 내부 사정을 조사하려고 선수로서 잠입한 거야."

"나는 에트라의 권유로 여기 온 거다. 너 힘이 남아돌지 않아? 하고 묻더라고. 강한 녀석과 싸울 수 있는 곳이 있다고 하기에 왔더니, 그게 여기였어."

"……그렇군. 사정은 대충 알겠다. 내가 투기장에 올 수 없는 날에는 레지나를 투기장에 끌고 와서 돈을 벌었군.”

레지나는 나와 비슷한 실력자다. 그러니까 레지나에게 계속 돈을 몰아서 베팅하면 십중팔구 연전연승을 이어갈 수 있을 것이다.

“아니, 그런데 레지나. 등록한 이름이 왜 그래? 보잉 더 R이라니. 좀 더 나은 이름은 없었어?”

“너, 너한테 그런 말 듣고 싶지 않거든?! 마스크 드 K는 대체 뭔데?! 끔찍하게 촌스러워! 술에 취해서 이름을 지었어도 그렇게 되진 않았겠다! 그리고 네 가면의 상태가 더 심각해! 도대체 그게 뭐야?! 변태 파티에서 쓸 것 같은 디자인이잖아!”

“이름은 에트라가 제멋대로 지은 거야. 가면도 에트라가 줘서 쓴 거고.”

“내 이름도 에트라가 제멋대로 지은 거야! 그게 아니라면 누가 미쳤다고 스스로 보잉이라고 하겠냐?!”

“그렇구나. 난 또 자부심이 있어서 그런 줄 알았지.”

“있겠냐?! 기가 막히네!”

시끄럽게 말다툼하는 우리.

“저를 잊으시면 곤란합니다.”

그때 나이프처럼 불쑥 끼어드는 음성이 있었다.

표면적으로는 온화하지만, 그 안에는 서늘한 예리함이 깃들어 있었다.

드레이크였다.

“용케 여기까지 도달하셨군요. 도전자 두 분. 파죽지세의 19연승. 정말 훌륭합니다. 이 투기장의 과거의 역사를 돌아봐도 이렇게 단기간에 여기까지 올라온 사람은 없었습니다.”

박수를 보내며 상찬하고 있는데도 그 눈은 웃고 있지 않았다.

“하지만 여러분의 쾌속 진격도 여기서 끝입니다. 바로 저—— 드레이크 크레이들이 여러분의 연승 기록을 막아낼 테니까요.”

“네가 이 투기장을 운영하는 조직의 일원이야?”

“네, 그렇습니다. 나는 이 투기장의 마스터. 20연승을 목전에 둔 도전자 여러분을 가로막는 벽이 되는 것이 내 역할입니다.”

“투기장을 운영하는 조직이 국가 전복을 꾀한다고 들었어. 그걸 위한 군자금을 여기서 모으고 있다던데.”

“…………흠, 만약에 그렇다면요?”

“나라를 위협하는 녀석들을 그냥 내버려 둘 수는 없어. 지표면으로 나오기 전에 여기서 박살을 내주마. 너를 해치우고 조직의 자금을 송두리째 빼앗는다. 그리고 조직을 배후에서 조종하는 귀족의 이름까지 실토하게 할 거야.”

“……최근 들어 이 투기장을 탐색하는 자가 있는 것 같다고 의심하긴 했습니다만, 설마 그게 눈앞에 있을 줄이야. 찾느라 고생할 필요가 없어졌네요. 더구나 스스로 시합에 출전하기까지 했으니 아주 잘됐습니다. 몰래 암살하지 않아도 이 시합에서 당당하게 죽이면 되니까요.”

“그건 내가 할 말이야. 정정당당하게 싸워준다면 고마운 일이지.”

드레이크는 피식 웃었다. 그리고 나에게서 시선을 떼고 레지나

쪽을 힐끗 봤다.

"그쪽 여자분. 당신도 이 남자의 동료죠? 둘이 같이 공격하셔도 상관없습니다."

"뭐라고?"

"이것은 난전. 누군가와 같이 싸우는 것도 자유입니다. ──그리고 한 팀이 된 도전자들을 마스터인 내가 격퇴한다. 그러면 대회장 전체가 좀 더 뜨겁게 달궈지거든요."

"관중에게 신경을 써줄 만한 여유가 있을 줄이야. 상당히 자신이 있나 보군."

"20연승의 코앞에서 압도적인 실력 차이를 깨닫고 절망하면서 죽어가는 도전자들의 일그러진 표정. 제가 그들을 격퇴했을 때, 관객의 우레와 같은 박수, 나를 칭송하는 대회장의 열광적인 분위기는 그럴 가치가 있습니다. 한번 맛보면 중독이 될 정도지요."

요컨대 도전자의 코를 납작하게 눌러주고 주목받는 것을 좋아한다는 뜻인가 보다.

취미가 꽤 고상하시구나.

하지만 그렇다면 잘됐다.

상대가 굳이 2:1로 싸우길 원한다면 거부할 이유가 없다.

일대일로 싸워보고 싶은 마음도 있지만, 임무 달성이 최우선이다. 여기서는 감사히 상대의 후의를 받아들이도록 하자.

나는 레지나 쪽을 힐끔 봤다.

"레지나. 들었지? 저놈을 해치우기 위해 손잡자."

“——거절한다.”

“좋아, 그러면 둘이—— 으, 응?”

긍정적인 대답을 기대했던 나는 당황했다.

거절한다고?

방금 이 녀석이 거절한다고 했나?

“에트라의 꼬임에 넘어가 이 투기장에 오긴 했는데, 결국 다 기개도 없는 나약한 놈들이었어. 나의 갈증을 채워줄 사람은 한 명도 없었지. 20연승이 걸린 시합에서는 조금이나마 기개 있는 놈이 나올까 기대했는데, 실제로는 완전히 기대를 배신하는 놈이 나와버렸어. ——하지만 카이젤. 설마 너도 이 투기장에 출전했을 줄이야. 이건 즐거운 오산이었어. 난 지금 놀랍게도 에트라한테 고마울 지경이다.”

“야. 너 우리 이야기 들었어? 저 남자는 국가 전복을 꾀하고 있어. 뭘 하더라도 우선은 저 남자를 쓰러뜨린 다음에——.”

“그런 것은 아무래도 좋아. 피라미와의 싸움 따윈 관심 없어. 이 나라가 어찌 되든 내 알 바 아니야.”

레지나는 대검을 뽑아서 그 칼끝으로 나를 겨눴다.

“난 그저 너와 싸우고 싶을 뿐이야. 내 안의 갈증을 채워주는 것은 카이젤, 너와의 싸움밖에 없어.”

그렇게 고하더니 입가를 일그러뜨려 히죽 웃었다.

“그리고 이것은 팀전이 아니라 난전이잖아? 내가 너를 노리는 것도 아무 문제도 없지.”

"아니, 뭐, 규칙상 그렇긴 하지만."

"자, 검을 뽑아. 나와 싸워라. 아니면 얌전히 나한테 베일 테냐?"

안 되겠다. 완전히 스위치가 눌린 상태였다.

레지나의 오랜 친구인 나는 알 수 있었다.

이 녀석은 한번 이런 말을 꺼내면, 절대로 남의 말은 듣지 않는다.

"……이거 참, 안 되겠네."

나는 머리를 벅벅 긁다가 휴 하고 깊은 한숨을 내쉬었다.

내키지 않았다.

하지만 이렇게 된 이상 어쩔 수 없다.

레지나가 원하는 대로 철저히 상대하는 수밖에.

"좋아. 우선 너를 해치우고, 그다음에 드레이크를 해치워야겠다. 순서가 거꾸로 됐다고 생각하면 되겠지."

"옳지, 당연히 그래야지."

"그런데 한 가지 조건이 있어."

"뭔데?"

"관객들한테 정체를 들키면 일이 골치 아파질 거야. 그러니 나를 본명 말고 등록자 이름으로 불러줘."

"아, 그렇군. 좋아."

승낙을 얻은 후 드레이크를 힐끗 봤다.

"미안하지만 그렇게 됐다."

"어?"

"우리가 먼저 싸우게 됐어. 그러니 좀 기다려."

"아니…… 당신들은 동료 아닙니까? 하물며 조직 해체가 목적이라면, 둘이 협력하여 공격하는 게 상식적이지 않습니까?"

"그건 그렇지. 하지만 나도 사정이 있거든. 동료라고 꼭 목적이 같지는 않아. 그러니 너는 나중에 상대해줄게."

어안이 벙벙해진 드레이크를 놔둔 채 나는 레지나와 마주 보고 검을 뽑았다.

물론 목검이 아니라 진검이다.

상대가 다른 사람이면 몰라도, 레지나라면 봐줄 필요는 없다.

"자, 시작할까."

"암, 그래야지."

레지나는 진심으로 즐거워하는 것처럼 웃었다.

그리고——.

우리는 드레이크를 방치한 채 사투를 벌이게 되었다.

"하아아아앗!"

"우워어어어!"

레지나의 검기에 나도 전력을 다해 맞섰다.

관객들은 처음에는 드레이크가 빠진 싸움을 보고 곤혹스러워했지만, 우리의 사투를 지켜보다가 점점 빠져들어 태도가 달라지기 시작했다.

"저 두 사람—— 뭔가 좀 엄청난데?!"

“그동안 다른 투사들과 싸웠을 때와는 차원이 전혀 달라……!
저 녀석들, 지금까지 대충 싸웠던 거야!”

“저기, 우리는 지금 터무니없는 싸움을 목격하고 있는 게 아닐
까?! 전설로 남을 만한 시합의 목격자인 거야!”

관객들은 흥분하여 환호성을 지르기 시작했다. 좀 전까지의 시
큰둥한 느낌은 사라지고 다들 폭발적으로 열광하는 분위기였다.

레지나는 전력을 다하고 있었다.

120%의 힘을 발휘해 나를 죽일 듯한 기세로 덤벼들고 있었다.
그 모습은 마치 사슬에서 풀려난 맹수 같았다.

“하하하! 유쾌하구나! 마스크 드 K!”

진심으로 유쾌해하면서 포효하는 레지나.

“그동안 계속 힘이 남아돌았거든?! 그래, 역시 이 세상에 오직 너
하나뿐이야! 나에게 피가 끓고 살이 튀는 흥분을 선사할 사람은!”

그 말대로 레지나는 진짜로 가차 없이 힘을 쏟아내고 있었다.
조금은 주저해도 될 텐데. 이러다 내가 실수로 공격을 못 받아내
면 어쩌려고 이러나.

하지만——.

사실 그 심정은 나도 이해했다.

진심으로 싸울 수 있는 장소를 원하는 것. 그런 욕망은 내 마음
속에도 있었다.

그래서 그런가.

처음에는 마지못해 싸움에 응했지만, 레지나가 진심으로 덤벼

들자, 나도 점차 이 싸움을 즐기게 되었다.

서로 전력을 다해 부딪친다.

자신이 아직 녹슬지 않았다는 사실을, 그리고 과거의 동료가 아직 녹슬지 않았다는 사실을. 맞부딪치는 검은 대화보다 더 웅변적으로 전해주고 있었다.

한편 대회장의 열광은 어느새 최고조에 달했다. 무대 위에서 펼쳐지는 우리의 싸움에 모든 사람의 시선이 못 박혀 있었다.

"…………."

이 와중에 단 한 명. 드레이크는 소외된 채 고립되어 있었다.

그놈은 눈에 띄길 좋아하는 타입이었다.

그놈은 도전자인 우리를 멋지게 격퇴함으로써 관객들의 주목과 상찬을 한 몸에 받으려 하고 있었다.

하지만 지금은 아무도 드레이크를 보지 않았다.

관객들은 철저히 우리를 주목하고 있었다.

"……저기요, 여러분. 흥분하신 것 같은데요. 이건 어디까지나 전초전입니다. 이게 끝나면 본선이 시작된다는 것을 잊지 마시길."

"아ㅡ. 그러고 보니 그랬지. 까맣게 잊고 있었어."

"저 둘의 싸움만 봐도 만족스러운데. 그런 것은 없어도 되지 않아?"

"그러게. 사족이 될 텐데."

관객들의 관심을 끌 수 없었다. 아니, 오히려 그들은 드레이크와의 시합은 필요 없다는 식으로 단언하기까지 했다.

“…………(부들부들.)”

그 직후——.

나와 레지나 사이에 불덩어리가 휙 날아들었다.

반사적으로 반응해서 뒤로 펄쩍 뛰어 물러났다.

“한창 즐기고 계시는데, 방해해서 미안하지만, 나를 잊으시면 곤란합니다.”

그쪽을 돌아보니 드레이크가 거기 있었다.

“더 이상 기다리는 것도 지긋지긋해요. 저도 이 싸움의 참가자. 도전자인 당신들이 반드시 넘어야 할 벽입니다. 그 점을 잊지 마세요.”

그러더니 두 팔을 벌리고 허풍스럽게 큰 소리로 말했다.

“자! 이제 진짜로 싸워봅시다!”

“‘………….’”

나와 레지나는 서로 얼굴을 마주 봤다. 금방 드레이크한테서 시선을 떼고 검을 똑바로 쥐었다. 다음 순간에는 다시 싸움으로 돌아가 있었다.

“……그렇군요. 철저히 저를 무시하기로 마음먹은 겁니까.”

드레이크는 화가 나서 표정이 굳어졌다.

“좋습니다. 그럼 내가 억지로 참전해 난전으로 끌고 가도록 하죠. 당신들을 완벽하게 때려눕혀서 관객 여러분께 보여드리도록 하겠습니다.”

지면을 박차고 맹렬한 속도로 우리에게 달려들었다.

"하하하! 저는 검사인 동시에 초일류 마법사! 검과 마법의 하모니 앞에서는 아무도 버티지 못해!"

자화자찬의 설명 대사를 뱉으면서 공격 범위 안쪽으로 뛰어들었다.

그 순간.

우리는 반사적으로 고개를 획 돌려 드레이크를 쏘아봤다. 그리고 동시에 그놈의 턱 끝을 향해 주먹을 날렸다.

"귀찮게!"

"방해하지 마!"

"끄아아아아아앗?!"

어퍼컷.

턱 밑을 공격당한 드레이크는 하늘 높이 올라갔다. 거의 천장까지 도달했다가, 관객들 전원의 시선을 모으면서 힘차게 바닥으로 추락했다.

눈을 허옇게 까뒤집고 거품을 문 채 꼼짝도 안 하게 되었다.

아마도 기절한 것 같았다.

엉덩이를 쑥 내민 자세로. 투기장 마스터의 위엄 따윈 전혀 없는 모습이었다. 하기야 그것도 어떤 의미에서는 주목받는 형태였지만.

"자, 이제 방해꾼도 사라졌으니 계속할까."

"좋아."

우리는 드레이크를 가볍게 처리하고 다시 임전태세를 취했다.

“맙소사, 저거 봐. 검도 안 쓰고 순식간에 해치웠어.”

“그 정도로 실력 차이가 났던 거야……?”

관객들은 전율하더니 꿀꺽 마른침을 삼켰다.

“어쨌든 이로써 확정됐네. 둘 중 누가 이겨도 전인미답의 20연승을 달성하게 되는 거야.”

“이건 꼭 봐야 하는 싸움이다.”

에트라가 관객석에서 몸을 쑥 내밀고 소리쳤다.

“야, 레지나! 난 카이젤한테 전액 베팅했거든?! 절대로 네가 이기면 안 돼, 알았어?!”

“흥. 그렇다면 오히려 의욕이 확 솟구치는데?”

레지나는 사나운 미소를 지으며 대검을 들어 올렸다.

그 후에도 우리의 싸움은 이어졌다.

그러다가 마침내 결판의 순간이 왔다.

먼저 움직인 사람은 레지나였다.

대검을 휘둘러 높이 치켜들더니, 남아 있는 힘을 모조리 해방했다.

“——이걸로 끝이다!”

“어딜!”

나도 모든 힘을 해방해 레지나의 검과 대치했다.

두 사람의 검기가 서로 부딪쳤다.

나와 레지나의 몸이 교차했다. 한순간 대회장 전체에 찬물을 끼얹은 듯한 정적이 내려앉았다.

영원 같기도 하고, 순간 같기도 한 공백.

그 후 누군가의 무릎이 힘없이 꺾였다. 레지나였다.

"……크윽."

대검을 지팡이처럼 짚어서 가까스로 쓰러지지 않고 버티고 있었다. 하지만 더 이상 싸움을 계속하지 못하리란 것은 명백했다.

"역시 대단해. 카이젤. 나의 전력을 다한 검기를 막아내다니."

싸워서 졌는데도 레지나는 왠지 기분이 좋아 보였다.

"이겼다!"

관객석에서 에트라가 주먹을 불끈 쥐며 기뻐했다.

"이제 나는 부자야! 와, 미치겠다! 도파민이 폭발해서 멈추질 않아! 이래서 도박은 그만둘 수 없다니까!"

하지만 엄밀히 따지자면 아직 결과는 안 나왔다.

어느 한쪽이 항복하거나 전투 불능이 되어야지만 승부가 나는 것이다.

이윽고 레지나가 포기하고 패배를 선언하려던 때였다.

빠직! 하고.

내가 쓴 가면에 금이 갔다.

"헉."

레지나와 싸우다가 파손된 것이리라.

큰일 났다. 깨지겠다──라고 생각한 순간, 나는 이미 몸을 돌리고 있었다. 가면을 손으로 누르면서 얼굴이 노출되기 전에 대회장을 떠나려고 했다.

"미안, 에트라! 뒷일은 부탁할게!"

"앗?! 뭐야?! 너 어디 가?!"

『어이쿠! 마스크 드 K 선수! 대체 무슨 일이죠?! 대회장에서 나가버리면 반칙패인데요?!』

남자 중계자가 충고했지만, 이렇게 된 이상 어쩔 수 없었다.

나는 마스크 드 K로서 너무 눈에 띄게 행동했다.

관객 중에는 나를 증오하게 된 사람도 적지 않았다. 그들은 내 대결 상대한테 큰돈을 걸었다가 패배하는 바람에 돈을 잃어버린 것이다.

또 출전 선수들도 마찬가지였다.

닭벼슬 남자처럼 묘하게 나를 잘 따르는 사람도 있지만, 기본적으로는 나에게 좋은 감정을 안 가지고 있는 사람이 많았다.

그러니 정체가 나라는 것을 들키면, 바깥 세계에서 귀찮은 일에 휘말릴 것이다.

나는 그렇다 쳐도 딸들에게 폐를 끼칠 수는 없다.

그러니까 지금은 도망치는 게 최선이다.

『마스크 드 K 선수. 장외로 인한 반칙패입니다!』

남자 중계자가 그렇게 소리를 지르더니.

『그러므로 승자는── 보잉 더 R 선수!』

결판이 나기 직전에 예상외의 대역전극이 벌어졌다. 관객들은 어안이 벙벙해졌다.

가면이 1초만 더 늦게 깨졌더라면 내가 이겼을 텐데.

그리고——.

"끄흐아아아아아아아아아악?!"

천국에서 지옥으로.

부자였다가 순식간에 빈털터리가 된 에트라의 단말마가 들려왔다.

그 후 사태는 급속도로 해결되었다.

"우두머리를 잃은 조직은 괴멸. 그 잔당들도 줄줄이 체포할 수 있었고, 투기장도 결국 폐쇄할 수 있었습니다."

소니아 님은 손을 모으고 생글생글 웃으며 말했다.

"또 그 조직을 배후에서 조종하던 귀족도 알아냈어요. 이것도 전부 다 두 분의 노력 덕분입니다. 정말 고생하셨어요."

"도움이 되었다면 참 다행입니다."

"어휴~~~~우……."

에트라는 깊디깊은 한숨을 내쉬었다.

"그때, 그때 네가 이겼으면 지금쯤 나는 부자가 됐을 텐데……. 날마다 최고급 초밥과 고기를 실컷 먹을 수 있었을 텐데."

"미안해" 하고 나는 사과했다.

참고로 조직이 괴멸되는 바람에, 승자였던 레지나가 손에 넣었어야 할 10억은 결국 손에 넣지 못했다.

그러나 레지나는 돈에 전혀 미련이 없어 보였다. 나와 전력으로 싸울 수 있었다. 그 자체만으로도 만족한 것 같았다. 에트라와는 천지차이였다.

"그 보상이라고 하긴 뭐하지만, 내가 받은 보수금과 대전료는 네가 다 가져도 돼."

"뭐?! 정말?!"

"응."

"카이젤, 너 참 좋은 녀석이구나……! 다시 봤어……!"

에트라는 감동해서 눈물을 훔치는 시늉을 했다.

하지만 실제로 우는 것은 아니었다. 그냥 우는 척하는 것이었다.

에트라는 감정이 북받쳐 울 만한 사람이 아니었다.

"보수금과 함께 두 분에게는 훈장을 수여하도록 하겠습니다."

"그런 것보다는 현금이 더 좋은데. 현금"이라고 말한 뒤 에트라는 문득 생각난 것처럼 소니아 님에게 물어봤다.

"아, 맞다. 저기, 그 훈장이란 거 환금할 수 있어? 전당포에 가져가면 조금쯤은 도박 자금에 보탬이 될까?"

"우후후. 재미있는 말씀을 하시네요."

소니아 님은 여전히 웃는 얼굴로 말했다.

"그건 가능할지도 모르지만, 발견하면 즉시 불경죄로 감옥에 처넣을 겁니다♪"

"……농담이야, 농담. 그런 짓을 할 리가 없잖아. 당연히 집 안에 소중히 보관해야지"라고 굳어진 얼굴로 말하는 에트라.

……방금 그거, 절대로 농담은 아니었구나.

나는 남몰래 그런 생각을 했다.

"메릴은 이대로 가다간 쓸모없는 어른이 되어버릴 거야."

어느 날 밤. 저녁 식사가 끝난 후에 안나가 그런 말을 꺼냈다.

테이블 맞은편에 앉아 있던 나는 계속해서 말해보라고 재촉했다.

"무슨 뜻이니?"

"수업은 땡땡이치고 꾸벅꾸벅 졸기나 하고, 이따금 길거리 공연을 해서 푼돈이나 좀 벌고 나머지 시간에는 내내 게으르게 빈둥거리고 있잖아?"

"응."

"물론 그 애는 마법사로서는 천재야. 하지만 일반 상식이 너무 없어. 지금은 괜찮아도 나중에 어른이 되면 큰일 날 거야."

"하긴, 상식은 별로 없을지도 몰라."

"저기, 안나. 방금 나한테 천재라고 한 거야?"

"듣고 싶은 부분만 골라 듣지 마. 중요한 것은 그 뒷부분이니까."

"에이, 뭐 어때—? 난 평생 어린애로 살 건데—. 나이 들면 회춘하는 약을 개발할 거거든—?"

"이거 봐, 인생을 우습게 보고 있다니까."

소파에 누워서 반론하는 메릴. 그걸 본 안나는 한숨을 쉬었다. 나는 그 모습을 보고 쓴웃음을 지었다. 확실히 옳은 말이었다.

"이대로 놔두면 엄청나게 쓸모없는 인간으로 자랄 가능성이 있어. 그렇게 되기 전에 저 썩어빠진 근성을 뜯어고칠 필요가 있다고 봐.”

“어떻게 하려고?”

“아르바이트를 시키면 어떨까?”

안나가 제안했다.

“이 애는 그동안 정식으로 일해본 적이 없잖아? 노동을 하면서 사회의 풍파에 시달리면 조금은 성장할 수 있을 거야.”

“안나, 넌 뼛속까지 회사의 노예구나.”

그러더니 메릴이 말을 이었다.

“고생은 사서도 해라? 그런 사고방식은 너무 낡았어. 고생 따위 안 하고 넘어갈 수 있다면 안 하는 게 최고라니까.”

“누워서 빈둥거리면서 그런 말을 하니까 더욱 장난하는 것처럼 들리는데…….”

“엘자랑 안나는 일하는 것을 좋아하지만, 나는 안 좋아해. 그래도 하루하루 즐겁게 살아갈 수 있다면 그걸로 좋잖아?”

“안 좋아”라고 안나가 말했다. “일하지 않는 자는 먹지도 말라.”

“와, 고지식한 꼰대잖아! 구시대의 유물! 우우— 물러가라—!”

“어차피 집에 있어도 빈둥빈둥 아무것도 안 하잖아? 그럴 거면 아르바이트라도 하나 해서 집으로 돈을 가져와봐. 그러면 인간으로서도 성장할 수 있을 테니까. 자, 받아.”

“이게 뭐야?”

“이력서. 아르바이트생을 모집하고 있는 가게에 이걸 써서 들고 가는 거야. 그래서 면접을 보고 문제가 없으면 채용되는 거지.”

“흐—응” 하고 메릴은 이력서를 손에 들었다가 휙 하고 바닥에 던져버렸다. “그런 식으로 하는구나. 응, 잘 배웠어. 그럼 안녕, 잘 자.”

“일할 마음이 전혀 없구나.”

“………….”

“메릴, 그렇게 매정하게 굴 필요는 없잖아요……? 안나도 자기 나름대로 메릴을 생각해서 이러는 건데요.”

엘자는 사태를 수습하려고 하면서 힐끔힐끔 안나 쪽을 봤다. 방금 그 행위 때문에 안나가 화났을까 봐 걱정하는 것이리라.

하지만 그렇지는 않았다.

“아하, 그래. 알았어. 네 속내가 뭔지.”

안나는 바닥에 흩어진 이력서를 주웠다. 그리고 화를 내기는커녕 오히려 모든 것을 다 꿰뚫어 본 것처럼 공격적인 미소를 지었다.

“메릴. 너 실은 무서운 거지? 아르바이트를 하는 게.”

“뭐?”

“그동안 제대로 일을 해본 적도 없으니까. 막상 아르바이트했다가 실패하면 자신의 전능함이 무너질까봐 무서워하는 거잖아.”

도발적인 말투로 말하더니 연민의 눈빛으로 바라봤다.

“……흐—응. 오케이, 그렇게 말한다 이거지?”

메릴의 음색이 변했다.

“분명히 말해두는데. 나는 천재거든? 일하는 게 귀찮을 뿐이지, 마음만 먹으면 아르바이트 정도는 쉽게 해낼 수 있어.”

“그야 뭐, 말로는 뭐든지 할 수 있지.”

“아, 열받네―.”

메릴이 짜증 난 표정을 지었다. 소파에서 몸을 일으켜 벌떡 일어나더니 안나에게 다가가 이력서를 확 낚아챘다.

“흥, 좋아. 그러면 아르바이트할게. 내가 진심으로 나서면 안나보다 훨씬 더 대단하다는 것을 똑똑히 보여주겠어!”

“아하, 그래? 기대된다. 나중에 분해서 엉엉 울지나 않았으면 좋겠네.”

메릴은 완전히 안나의 도발에 넘어가 의욕을 드러내고 있었다. 자신이 안나의 손바닥 위에서 놀아나고 있다는 것은 눈치채지 못했다.

“안나는 메릴을 잘 다룰 줄 아네요”라고 엘자가 말했다.

“저 애한테는 이런 방법이 제일 잘 먹혀. 나는 평소에도 모험가들을 상대하잖아. 사람 다루는 방법은 잘 알고 있지.”

안나가 득의양양하게 말했다.

“방법이야 어쨌든 간에, 일단 의욕이 생겨서 다행이야. 아무리 천재여도 일반 상식은 있는 게 좋으니까.”

천재는 사회성이 없어도 어떻게든 살아갈 수 있다.

그것은 하나의 진실이다.

하지만 이 세상에서 살아가기 위한 무기는 많을수록 좋다.

한때는 당당하게 노동 의욕을 보여줬던 메릴.

하지만 그 아르바이트는 시작하기도 전에 끝났다.

이야기를 들어보니 무려 5연속으로 면접에서 떨어졌다고 한다.

"네, 끝입니다—."

메릴은 소파에 벌렁 드러누워 자포자기한 것처럼 말했다.

"내 아르바이트 생활은 감동의 피날레를 맞이했습니다."

"피날레고 뭐고, 아직 시작도 안 했잖아."

"5연속 면접 탈락이라니, 대체 뭘 어떻게 하면 그렇게 되는 거야?" 하고 안나는 의심하는 표정을 지으며 물어봤다.

"너 도대체 면접에서 무슨 짓을 했어?"

"난 그냥 질문에 솔직하게 대답했을 뿐이야."

이후 청취 작업을 통해 판명된 메릴과 가게 주인의 면접 질의 응답 내용은 다음과 같았다.

『이 가게에서 일하고 싶다고 생각한 이유를 가르쳐주세요.』

『일하기 싫은데.』

『네?』

『난 별로 일하고 싶진 않아. 안나가 부채질해서 어쩔 수 없이 왔을 뿐이지. 기본적으로는 빈둥빈둥 게으름 피우는 것을 좋아해.』

『……그럼 근무일은 어떻게 하시겠어요?』

『근무일?』

『일주일에 며칠 근무할 수 있느냐고요.』

"으—음. 그럼, 이틀."

『이틀.』

『아, 역시 안 되겠다. 하루가 한계야.』

『그날은 하루 종일 근무할 수 있다는 건가요?』

『30분 정도일걸?』

『30분.』

『17시 30분부터 18시까지가 좋아ー. 그러면 딱 알맞게 배도 고파져서, 아빠가 해주는 밥을 맛있게 먹을 수 있을 테니까.』

『……일단 물어보는 건데요. 언제부터 근무할 수 있습니까?』

『지금 당장은 귀찮으니까, 어ー, 내년부터? 아, 겨울은 춥잖아. 봄이 되고 나서가 좋아ー.』

『……그렇군요. 네, 오늘은 감사했습니다.』

만사 이런 식이었던 모양이다.

이러면 합격할 리가 없지.

"솔직한 사람이 손해를 보다니. 세상은 참 너무하다니까."

메릴은 기막히다는 듯이 어깨를 으쓱했다.

"와, 어쩌지? 한 대 때리고 싶어."

"안나, 참으세요."

"이러면 면접 관문을 돌파하긴 어려울 것 같구나."

메릴은 겉치레란 기술을 전혀 쓸 줄 몰랐다.

어찌 보면 솔직하기는 했다. 일하고 싶지 않다는 마음 자체는 메릴만 가지고 있는 것이 아니다. 아마 많은 사람이 공유하고 있는 마음일 것이다.

하지만 일단 일하고 싶어 하는 척하지 않으면 면접에서는 합격하기 어렵다. 겉치레 기술을 쓸 수 없다면 말이다.

"거짓말이라도 괜찮으니까 그냥 일하고 싶다고 말하면 되잖아."

"마음에도 없는 말을 할 수는 없잖아."

그러더니 메릴은 말을 이었다.

"어휴―. 면접만 없으면 괜찮을 텐데―."

"면접 없이 일할 수 있는 곳이라니, 그건 좀처럼 찾기 어려울 텐데……."

"가게 측으로서는 같이 일할 파트너니까 아무래도 최소한의 인성은 알고 싶지 않겠어? 원래 아는 사이였으면 또 몰라도."

"네, 고용하는 입장에서도 무서울 테죠."

"응, 그럼 안 되겠네―."

처음에는 기세등등했지만, 메릴의 의욕은 이미 사그라지고 있었다.

모처럼 의욕이 생겼었는데. 메릴이 아르바이트함으로써 성장할 수 있다면, 나도 어떻게든 도와주고 싶다.

자, 그럼 어떻게 할까.

아는 사람 중에 가게 주인이 있다면 소개할 수 있을지도 모르겠지만.

아, 그러고 보니. 나는 문득 뭔가를 떠올렸다.

"있을지도 몰라."

내가 그렇게 말하자 모두 이쪽을 쳐다봤다.

"뭐가?"

"면접 없이 일할 수 있는 곳."

"""""?!"""""

내가 딸들을 데려간 곳은 왕도 한구석에 있는 여관이었다.

그 건물 앞에는 '요정의 은신처'란 간판이 나와 있었다.

문을 열자, 정면에는 접수처가 있었고, 오른쪽에는 식당이 있었다. 점심때에는 점심을 먹으러 오는 손님들로 북적거렸지만, 오후가 된 지금은 한산했다.

"……아, 카이젤 씨. 그리고 가족 여러분. 안녕하세요?"

우리가 들어가자, 여관 주인이 나와서 환영했다.

까마귀 깃털처럼 새까만 머리카락을 늘어뜨려 오른쪽 눈을 가리고 있는 앞치마 차림의 여성——리즈베스 씨는 나를 보자마자 부드러운 표정을 지었다.

리즈베스 씨는 예전에는 왕도에서 멀리 떨어진 고성에 살고 있었다. 그런데 나를 만났다가 시공 마법에 의해 둘이 함께 3년 전의 과거로 날아가게 되었다.

그곳에서 리즈베스 씨는 여관을 개업했다. 그리고 현대로 돌아올 때 한번은 문을 닫았지만, 돌아와서 다시 여관 문을 열었다. 나도 단골손님으로서 종종 점심을 먹으러 왔다.

"죄, 죄송해요. 이미 런치 타임은 끝났어요. 하, 하지만 간단한 음식이라면 지금부터라도 만들 수 있는데요.

바쁘신 와중에 모처럼 시간 내서 찾아와 주셨으니까요. 제가 할 수 있는 범위 내에서 최대한 노력해서 대접할게요."

"아, 아뇨, 아니에요. 오늘은 점심을 먹으러 온 게 아닙니다."

"네에?"

"리즈베스 씨, 저번에 그런 말을 했죠? 일손이 부족하다고."

"아, 네. 생각보다 손님들이 많이 와주시게 되어서요. 그것 자체는 감사한데요. 저 혼자서는 완벽하게 대응하기 어려워졌어요.

아르바이트생을 모집할까 생각해봤지만, 모르는 사람과 같이 일하는 게 무서워서 아직은 모집 못 하고 있는데……."

리즈베스 씨는 "흐힛" 하고 비굴하게 웃었다. 예전보다 개선되긴 했지만, 여전히 낯가림은 하는 것 같았다.

아무튼 사정이 그렇다면 마침 잘됐다.

"그, 그래서, 무슨 볼일로 오셨어요?"

"실은 메릴이 지금 아르바이트할 곳을 찾고 있거든요. 혹시 괜찮으시다면 메릴을 조수로 써주실 수 없을까? 하고 생각해서요."

"메, 메릴 씨요?!"

리즈베스 씨는 놀라서 소리를 질렀다.

"무, 물론 메릴 씨와는 몇 번이나 만난 적이 있으니까, 전혀 모르는 사람보다는 훨씬 낯가림을 덜 할 수 있을 테지만요."

그러더니 말을 이었다.

"하, 하지만 저는 급료를 많이 줄 수 없는데요……. 천재 마법

사인 메릴 씨한테는 아무래도 실례가 되지 않을까요…….”

“괜찮아─. 물론 임금은 높을수록 기분 좋지만, 노동 시간이 짧은가 어떤가가 훨씬 더 나한테는 중요한 문제거든♪”

“근무 시간은 런치 타임이니까 세 시간쯤 될 거예요. 근무일은 대충 메릴 씨의 학교가 쉬는 날일 때 와주시면…….”

“그래도 괜찮아요?” 하고 나는 무심코 물어봤다.

“아, 네. 이 가게에서 일해주시기만 해도 감사한걸요. 그러니까 제가 최대한 맞춰드리는 것이 예의일 것 같아서…….”

과도하게 자신을 낮추고 있잖아?!

“오─. 짧아서 좋은데─? 그 정도면 나도 일할 수 있겠어.”

메릴은 좋은 인상을 받은 것 같았다. 그야 그렇겠지. 상대가 메릴한테 맞춰주고 있으니까.

“저, 그런데 혹시 고용하신다면, 면접 같은 것은…….”

“면접이라니 당치도 않아요. 메릴 씨의 성품은 이미 알고 있는걸요. 저 같은 사람이 남을 보고 판단하는 것은 주제넘은 짓이고요.”

그렇게까지 비굴해질 필요는 없는데. 경영자로서는 무조건 하는 게 좋을 텐데.

“어때, 메릴. 일할 수 있겠어?”

“응. 느낌 좋아. 유니폼도 예쁘고.”

아마도 마음에 드신 것 같았다.

“저, 죄송합니다. 그러면 우리 메릴을 잘 부탁드릴게요.”

“저도 잘 부탁드리겠습니다.”

엘자도 나처럼 고개를 숙였다.

"아, 아뇨. 저야말로 잘 부탁드려요. 소중한 따님을 맡게 되었으니까요. 정중히 모시겠습니다."

그렇게 우리는 서로 꾸벅꾸벅 고개를 숙였다.

"메릴. 너 똑바로 일해야 한다, 알았지? 네가 무성의하게 설렁설렁 일하면, 너를 소개한 아빠 얼굴에 먹칠을 하게 될 거야."

안나가 잘 타이르듯이 말했다.

"굳이 말하지 않아도 알거든—?"

메릴은 혀를 쏙 내밀며 대꾸했다.

"그냥 구경이나 해. 난 완벽하게 해낼 테니까."

메릴이 아르바이트를 시작한 지 2주일쯤 지났다.

금방 포기하지 않을까 하고 걱정했는데, 아직까진 일을 계속하고 있는 것 같았다. 아니, 실은 휴일뿐만 아니라 평일에도 출근하는 듯했다.

뭐, 그렇게 따지면 학교 수업을 빼먹고 있다는 뜻이지만…….

"내가 대활약을 하고 있거든—!"이란 것이 본인의 변이었다.

"아빠도 내가 예쁜 유니폼을 입고 일하는 모습을 봐줬으면 좋겠어♪"

그리하여 어느 날 점심때.

나와 엘자와 안나는 '요정의 은신처'를 방문했다. 메릴이 어떻게 일하고 있는지 상황을 살펴보러 온 것이다.

셋 다 쭈뼛쭈뼛 조심스럽게 가게 문을 열었다. 식당 안에 발을 들여놨더니 그곳은 손님들로 북적거리고 있었다.

"어서 오세요—♪ ——아, 아빠!"

맞이한 사람은 메릴이었다. 나풀나풀한 예쁜 유니폼을 입고 있었다. 우리를 발견하자마자 표정이 확 밝아졌다.

"진짜로 와준 거야—?"

"응."

"어때? 유니폼 입은 내 모습. 예쁘지—♪"

메릴은 유니폼을 자랑하는 것처럼 제자리에서 빙글 돌았다. 스커트 밑으로는 건강한 허벅지가 살짝 드러나 있었다.

"아빠, 나의 매력 한 방에 나가떨어진 거 아냐?"

탕—! 하고 손가락으로 나를 쏘는 시늉을 하면서 말하는 메릴.

"응, 그러게."

"와—! 그럼 우리는 서로 사랑하는 거네~."

신이 난 메릴이 우리를 안내했다. 우리는 빈자리에 앉았다.

"오늘은 장사가 꽤 잘되고 있네?"

안나가 주위를 둘러보면서 말했다. 테이블이 많지는 않지만 거의 다 꽉 차 있었다.

"……아, 여러분. 어서 오세요" 하고 홀로 나온 리즈베스 씨가 우리를 발견하고 말을 걸었다.

"가, 가게에 와주셔서, 감사합니다!"

"저, 메릴이 혹시 폐를 끼치고 있지는 않나요?"

"……아, 아뇨! 폐라니요, 전혀 아닙니다. 오히려 제가 메릴 씨에게 폐를 끼치고 있을 정도인데요."

나는 곁눈질로 힐끔 메릴을 훔쳐봤다.

손님이 부르자 메릴은 "네—!" 하고 경쾌하게 대꾸하더니 그쪽 테이블로 갔다.

"접객은 제대로 하는 것 같네."

"메릴 씨는 말이죠. 손님 여러분에게 굉장히 인기가 많아요."

"그런가요?"

"메릴 씨는 언제나 밝고, 또 서비스 정신이 왕성하거든요. 메릴 씨를 보러 오는 단골손님들도 꽤 많아요."

"저기요, 이 '메릴 물'은 뭔가요?"

메뉴판을 본 엘자가 리즈베스 씨에게 물어봤다.

거기에는 기존의 일반적인 메뉴들 외에도 메릴의 이름이 붙은 음식들이 몇 개 기재되어 있었다.

"전부 다 유난히 가격이 비싸네. 평균 가격의 세 배나 돼."

"그, 그건 말이죠……."

리즈베스 씨가 설명하려고 했을 때였다.

"메릴, 여기 메릴 물 좀 줘."

다른 손님이 마침 그 메릴 물이란 것을 주문했다.

"네—♪"

메릴은 경쾌하게 대답하고 일단 주방 쪽으로 들어갔다. 다시 나타난 메릴은 물이 담긴 컵을 손에 들고 있었다.

“아무런 특징도 없는 물처럼 보이는데…….”

“시, 실제로 저건 평범한 물입니다”라고 리즈베스 씨가 대답했다. 도대체 뭘까? 하고 내가 의아하게 여겼는데, 바로 그 순간.

“맛있어져라—♪ 하트 주입~♪”

메릴이 두 손으로 하트 마크를 만들더니 귀여운 포즈를 취하면서 테이블 위에 놔둔 컵에다가 애정을 주입하기 시작했다.

“우와아! 메릴, 너무 귀여워!”

메릴 물을 주문한 남자는 그 모습을 보고 날카롭게 환성을 질렀다. 그리고 애정이 주입된 컵의 물을 단번에 꿀꺽 마셨다.

“크으으~! 역시 메릴이 내어준 물은 각별해! 듬뿍 들어간 애정이 뼛속까지 스며드는 느낌이야!”

“나도 메릴 물 좀 줘!”

“난 메릴 오므라이스를 주문할게!”

“소생은 투샷을 원하오!”

손님들은 메릴의 이름이 붙은 음식들을 줄줄이 주문하기 시작했다. 심지어 투샷은 음식도 아니다. 그냥 둘이 사진을 찍는 서비스였다.

“그런데 진짜 날개 돋친 듯이 팔리네요…….”

“아니, 쟤는 왜 저렇게 신이 난 거야?”

“메릴 씨의 이름이 붙은 상품은 일반 가격의 약 세 배 정도로 판매하는데요. 그 추가 금액은 메릴 씨에게 보너스로 드리거든요.”

“아하, 그렇구나…….”

요컨대 메릴 물이나 메릴 오므라이스를 손님이 많이 주문하면 주문할수록 메릴의 급료는 점점 추가로 늘어난다는 뜻이다.

그러면 의욕이 생기는 것도 당연하지.

"그런데 그걸 다 메릴에게 줘버려도 괜찮아요?"

"아, 네. 메릴 씨가 아르바이트생으로 들어오신 이후로 런치 타임의 매출액이 전보다 다섯 배로 늘었거든요."

엄청나게 공헌하고 있었다!

"후후―. 내가 말했잖아? 그동안 진심이 아니었을 뿐이지, 진심으로 움직이면 나는 뭐든지 할 수 있는 사람이라고."

의기양양한 표정이 된 메릴이 이쪽으로 다가오더니 히죽히죽 웃으며 안나를 봤다.

"뭐야? 그 표정은."

"난 안나보다도 더 유능하거든."

"…………뭐라고?"

안나의 표정근이 꿈틀! 하고 경련했다.

"아니 뭐, 그렇잖아? 가게의 매출액을 다섯 배로 늘려줬으니까. 저기, 안나. 쓸모없는 인간이라고 생각했던 나한테 추월당한 기분이 어때? 응, 어때?"

메릴은 안나에게 얼굴을 가까이 들이대고 히죽거리면서 마음껏 도발했다.

완전히 자기가 이겼다고 확신하는 표정이었다.

"……저기, 리즈베스 씨. 나도 여기서 아르바이트해도 돼?"

“네엣?!”

“메릴이 런치 타임의 매출액을 다섯 배로 늘렸다면, 나는 디너 타임의 매출액을 열 배로 늘려주겠어.”

“아니, 하지만 안나는 모험가 길드 일을 해야 하잖아.”

“낮에 하는 업무를 초고속으로 다 해치우고 야근을 안 하면, 밤에는 여기서 근무할 수 있어.”

“안 그래도 격무에 시달리고 있으면서 밤에도 일을 한다고? 그러면 몸이 못 버틸 거야.”

“아빠, 걱정해줘서 고마워. 하지만 이것은 긍지의 문제야. 나를 우습게 보는 메릴의 코를 납작하게 만들어줘야지만 직성이 풀리겠어.”

“흐응—? 그래, 자신감이나 상실하지 않았으면 좋겠네.”

안나와 메릴은 서로 노려봤다. 둘 사이에 불꽃이 튀었다.

“경쟁이 치열하구나…….”

“안나는 저보다 더 지는 것을 싫어하는 성격이니까요…….”

이렇게 된 이상, 아무도 말리지 못할 것이다.

“자, 사정은 이해했지? 리즈베스 씨. 그럼 잘 부탁해.”

“아, 네엣!”

안나가 강압적인 말투로 말하자, 리즈베스 씨는 그저 고개만 위아래로 끄덕거렸다. 누가 상사이고 연상인지 알 수 없었다.

“리즈베스 씨의 위가 멀쩡할지 걱정된다…….”

낮에는 모험가 길드에서 길드 마스터로서 격무를 해치우고, 밤에는 요정의 은신처에서 아르바이트하게 된 안나.

상상을 초월하는 노동량인데도 안나는 징징거리지 않고 일을 수행했다.

그렇게 일하기 시작한 지 얼마쯤 지난 어느 날 밤.

메릴의 경우와 마찬가지로 우리는 안나의 상황을 살펴보러 가기로 했다.

여관을 방문했더니 식당은 손님들로 북적거리고 있었다. 대낮의 활기 있는 분위기와는 달리, 밤의 식당은 조용히 식사를 즐기는 손님들이 많아 보였다.

"어머나, 아빠. 다 같이 왔네? 어서 와."

유니폼을 입은 안나가 맞이했다.

메릴과 마찬가지로 프릴이 달린 예쁜 디자인의 옷이었다. 어른스러운 안나가 입으니, 메릴과는 또 다른 매력이 느껴졌다.

"오늘 온다고 해서 자리를 잡아놨어. 요즘에는 예약을 안 하면 아예 못 들어올 정도라니까."

"인기가 많아졌구나."

디너 타임에도 와본 적이 있었는데, 그때는 예약을 안 해도 들어올 수 있었다.

"응, 내가 실력을 발휘하면 이 정도는 기본이지."

득의양양하게 말하는 안나.

"……안나 씨는 접객도 잘하고 효율도 굉장히 좋아서, 혼자서

10인분의 일을 해주고 계시거든요.”

리즈베스 씨가 설명을 해줬다.

“또 이런저런 방책도 마련해주셨고요.”

“방책?”

“리즈베스 씨는 말이지, 식재료를 구매할 때 그냥 상대가 제시하는 가격대로 사줬거든. 그래서 내가 협상해서 비싼 것은 적당히 값을 깎기로 했어. 그렇게 하면 이익이 생기잖아? 그리고 광고하는 거지. 리즈베스 씨가 만드는 음식은 맛있지만, 그것도 알려지지 않으면 사람들이 가게에 안 오잖아? 그래서 효과적으로 선전을 한 거야. 덤으로 가게 외관과 내부 인테리어. 손님을 끌어들이려면 분위기가 필요하거든. 그래서 나의 감독하에 전면적으로 바꿔봤어. 그리고 또——.”

“그 정도면 아르바이트의 영역을 넘어섰는데.”

경영자가 하는 일이잖아.

“그 덕분에 디너 타임의 매출액은 지난달의 다섯 배 이상으로 늘었어. 손님도 늘었고, 객단가도 증가했어. 이 정도면 흠잡을 데 없는 성과잖아?”

허리에 손을 얹고 흥! 하고 의기양양하게 웃는 안나.

“어때? 메릴. 이게 나의 실력이야.”

“우우~. 뭐야, 제법인데~?”

메릴은 분한 것 같았다.

“나도 지지 않을 거야.”

“좋아. 얼마든지 덤벼봐. 한 달 동안 이 가게의 매출액을 누가 더 많이 늘리는지, 어디 한번 겨뤄보자고.”

“오케이, 해보자!”

안나가 지기 싫어하는 성격이라면, 실은 메릴도 지기 싫어하는 성격이었다.

애초에 길드 마스터든 현자든 간에, 어떤 분야에서 이름을 날리는 인물은 대체로 그런 성질을 가지고 있는 경우가 많았다.

……그런데 슬슬 취지가 어긋나고 있지 않나? 처음에는 메릴이 아르바이트를 통해 인간적으로 성장하기 위해 일을 하기 시작했을 텐데.

뭐, 어쨌든 의욕이 있는 것은 좋은 일이니까.

그 후로도 두 사람은 리즈베스 씨의 여관에서 한 달 동안 열심히 아르바이트했다.

둘 중 누가 더 매출액을 증가시키는가—— 그 싸움은 매우 치열했다.

그리고 마침내 결과를 발표하는 날이 왔다.

마지막 날 디너 타임이 끝난 후.

우리는 싸움의 끝을 지켜보기 위해 여관을 방문했다. 조용해진 식당 안에서 테이블을 둘러싸고 앉아 판결의 순간을 기다렸다.

“오, 오래 기다리셨습니다. 결과가 나왔습니다.”

장부를 다 적은 리즈베스 씨가 식당에 나타났다.

"그, 그러면, 발표하겠습니다."

꿀꺽. 모두 마른침을 삼켰다.

"……지난달과 비교한 이번 달 매출액 증가율 말인데요. 메릴 씨와 안나 씨, 둘 다 정확히 같은 비율이었습니다."

놀랍게도 동률이었다.

"……무승부라는 거야?"

"아무래도 그런 것 같네."

안나와 메릴은 서로 마주 봤다. 그러다가 피식 웃었다.

"메릴, 제법이구나?"

"그러는 너야말로."

꽉! 하고 뜨겁게 악수하더니 서로의 건투를 칭찬하기 시작했다.

"앞으로도 이 가게를 발전시켜 가자."

"오케이―."

"저, 저기요……."

그때 리즈베스 씨가 머뭇머뭇 입을 열었다.

"……저, 저는, 매출액은 그렇게까지 중시하진 않아요. 그저 손님이 즐겁게 식사를 해주신다면 그걸로 충분하다고나 할까요.

손님이 너무 많아지면 저의 낯가림이 발동돼서, 긴장해서 허둥거리게 되니까요. 전 그냥 적당한 게 좋지 않을까~ 하고……."

"안 돼, 안 돼. 더 많이 번창시켜야지. 모두가 내 이름이 들어간 메뉴를 주문하게 해서 돈을 잔뜩 벌 거야."

"맞아. 여기는 훌륭한 가게니까 많은 사람에게 알려야 해. 나중에는 프랜차이즈로 사업을 확장하는 것도 좋지 않을까?”

“으아아~…….”

두 사람에게 압박당해서 어쩔 줄 모르고 쩔쩔매는 리즈베스 씨.

이래서야 누가 주인인지 모르겠다.

어쨌거나.

인생 최초의 아르바이트를 통해 메릴이 전보다 더 성장한 것은
확실했다.

그날. 일을 마친 나는 리발과 함께 술을 마시려고 바에 와 있었다.

리발은 과거의 내 호적수였다.

옛날부터 나에 대한 라이벌 의식을 가지고 있던 리발은 나를 이기기 위해서 마법 학교 수석이란 지위와 귀족이란 신분을 버리고 모험가가 되었다.

그 후 내가 자식을 키우느라 고향 마을로 돌아갔다는 소식을 듣고, 나한테 대항하기 위해 고아가 된 세 자매를 거두어 키웠다.

과거에는 호적수였던 리발은 지금은 나와 같은 학부모 친구가 되어 있었다.

둘 다 세 딸의 아버지이기도 해서 그런지, 평소에는 티 내지 않는 고민이나 갈등도 리발 앞에서는 보여줄 수 있었다.

이날도 그랬다.

"시내에서 다른 가족들을 보면 가끔은 그런 생각이 들어. 나 혼자가 아니라 어머니도 있는 게 좋지 않았을까? 하는 생각."

어쩌다가 이런 이야기가 나왔는지는 잘 기억나지 않는다.

그냥 일하느라 지치기도 했고, 취기가 오르기도 해서 나도 모르게 그런 말을 꺼내고 있었다. 예전부터 진심으로 생각했던 것을.

"내 고향의 아이들은 대부분 부모가 양쪽 다 있었거든. 그런데 어머니가 없어서 우리 세 딸은 쓸쓸해하지 않았을까? 하는 생각이 들어."

고향에서 부모가 있는 가족을 볼 때마다 신경 쓰였었다.

왕도에 오고 나서도 가끔 그런 생각을 했다.

대놓고 그런 질문을 받아본 적은 없지만, 아마 우리 딸들도 어째서 우리 집에는 어머니가 없는지 한 번쯤은 궁금하게 여겼을 것이다.

"뭔 소리를 하나 했더니."

리발은 피식 쓴웃음을 지었다.

"자네는 그동안 아버지로서 어머니 이상의 애정을 쏟아부었잖아? 그렇다면 전혀 죄책감을 느낄 필요는 없다고 생각하는데."

"리발, 넌 그런 생각을 해본 적 없어?"

"난 자부심이 있거든. 우리 딸들에게 더할 나위 없이 무한한 애정을 쏟아부었다는 자부심이. 그러니까 나는 아버지이기도 하고, 어머니이기도 해."

"그 이론은 이해가 안 가."

"마음만 먹으면 가슴에서 모유도 짜낼 수 있다니까?"

"그건 헛소리고."

혹시나 뭔가가 나온다면 병원에 가보는 게 좋을 거야.

"아무튼 그렇게 걱정할 필요는 없다는 뜻이야. 이혼한 거라면 또 몰라도, 처음부터 어머니가 없었던 거잖아. 생각해봤자 어쩔 수 없는 일이야.

게다가 자네 딸들은 각자 행복하게 지내고 있어. 그렇다면 그게 전부야. 나는 그렇게 생각하는데 말이지.”

“……그 애들은 정말로 행복할까?”

“안 그렇다고 생각하나?”

“아니, 행복하면 좋겠다고 생각은 해. 하지만 자신 있게 단언하진 못하겠어. 결국 속마음까진 알 수 없으니까.”

“마음 약한 소리를 하는군. 자네가 해줄 수 있는 것은 전부 다 해줬잖아? 그럼 이제는 그 애들이 그것을 어떻게 받아들이냐에 달려 있을 뿐이야.”

“리발, 너는 강하구나.”

“아버지이기도 하고, 어머니이기도 하니까.”

“그건 이해가 안 가.”

“그나저나 사랑하는 우리 딸들의 이야기를 좀 들어주지 않겠나——.”

나는 미소를 지으면서 리발의 자식 자랑을 들어줬다.

그것을 듣고, 나도 우리 딸들의 근황을 이야기하기도 했다.

과거에는 경쟁했던 상대와 이렇게 이야기할 수 있게 된 것은 딸이 생겼기 때문일 것이다. 그만큼 자기 자신에 대한 집착이 약해진 것이다.

리발과 헤어진 뒤 집에 돌아왔더니 어느새 날짜가 바뀌어 있었다.

딸들은 이미 잠든 것 같았다. 테이블에는 “아빠, 잘 다녀왔어?

먼저 잘게"라는 안나의 메모가 남겨져 있었다.

"먼저 실례하겠습니다"라는 엘자의 한마디도 곁들여져 있었다.

그리고 메릴은 테이블 위에 엎드려 자고 있었다. 아마도 내가 돌아올 때까지 기다리다가 못 버티고 잠들었나 보다.

내일도 출근해야 한다.

샤워하고 나서 메릴을 침실로 옮겨준 후 나도 잠자리에 들었다. 내 방으로 돌아가 침대 위에 쓰러졌다.

술에 취해서 그런지 금방 잠이 쏟아졌다.

의식이 사라지는 순간, 나는 묘한 감각을 감지했다.

그러나 피로와 술기운 앞에서는 더 이상 저항할 수 없었다.

어느새 나의 의식은 깊은 잠 속으로 빠져들고 있었다.

그리고 다음 날 아침.

눈을 떴을 때, 한 여성이 내 얼굴을 들여다보고 있었다.

기품 있는 그 얼굴은 본 적이 있었다.

"……릴리스?"

릴리스 플로시알.

왕도에 사는 귀족 영애이자, 서큐버스와 인간의 혼혈아였다.

예전에 내가 프림의 동반자로서 무도회에 갔을 때 릴리스를 처음 만났다. 그리고 릴리스는 배후 조종자인 마족의 모략에 의해 나를 유혹하려고 했었다.

결과적으로는 무사히 격퇴했지만. 그 후로도 우리의 교류는 이어지고 있었다.

"뭐 해?"

"잠자는 얼굴을 보고 있었습니다."

"잠자는 얼굴?"

"아침 식사가 준비되어서 깨우러 왔는데요. 당신의 얼굴이 너무 좋아 보여서요. 옆에서 구경하고 싶어졌습니다."

침대 가장자리에서 턱을 괸 채 자애로운 미소를 짓는 릴리스.

아니, 내가 궁금한 것은 동기가 아니라.

"어째서 우리 집에 와 있는 거야?"

"후후. 이상한 말씀을 하시네요. 우리는 부부니까 한 지붕 아래에 사는 것은 자연스러운 일이잖아요?"

"부, 부부?!"

"네. 당신과 맺어져서 이 도시 변두리 쪽으로 이사를 왔죠. 여기서 검소하지만, 행복한 결혼 생활을 보내고 있습니다."

그렇게 말하면서 행복한 미소를 짓는 릴리스.

농담하는 것 같지는 않았다.

"릴리스, 뺨 좀 꼬집어줄래?"

"왜요?"

"아니, 혹시 내가 꿈을 꾸는 게 아닐까? 싶어서."

"저와의 결혼 생활이 꿈같다는 거군요. 후후. 귀여운 말씀을 하시네요."

릴리스는 마치 나뭇잎 사이로 비치는 햇살처럼 쿡쿡 웃었다.

"아무튼 이러다 아침밥이 다 식겠어요. 저의 정성을 무의미하게 만들려는 것은 아니죠?"

"아, 응……."

나는 침대에서 일어나 릴리스를 뒤따라 내 침실 같은 방에서 밖으로 나갔다. 도중에 손등을 꽉 꼬집어봤다. 충분히 아팠다.

꿈을 꾸고 있는 게 아닌가?

그렇다면 이것은 현실인가?

아무튼 이상한 현상에 휘말린 것은 확실했다. 전에 리즈베스 씨와 함께 3년 전 세계로 날아갔을 때처럼.

왜냐하면 나는 릴리스와 결혼한 기억도 없고, 도시 변두리로 이사를 한 기억도 없기 때문이다.

거실 테이블에는 아침밥이 차려져 있었다. 수프, 빵, 샐러드. 수프를 한 입 먹은 나는 반사적으로 고개를 들었다.

"──맛있네."

"네, 당신이 기뻐하길 바라면서 그동안 열심히 수련했으니까요."

자랑스러워하면서 말하는 릴리스.

"제가 직접 만든 귀한 음식을 날마다 드시고 있는 거잖아요? 카이젤. 당신은 이 행복을 가슴 깊이 느껴야 해요."

고압적인 말투인데도 사랑이 듬뿍 담겨 있었다. 아내가 남편에게 품고 있는 깊은 애정이 전해져왔다.

"그러고 보니 내 딸들은 어떻게 됐어? 이 집에 없나?"

"당신 딸들은 각자 왕도에서 따로따로 살고 있어요. 가끔 만나러 오긴 하지만요. 우리는 둘이 살고 있답니다.”

같이 살지도 않나 보다. 내가 모르는 사이에 상황이 그렇게 되어 있었다.

“그런데 당신, 이제 곧 일하러 나가야 하잖아요?”

“으, 응.”

어제까지의 나와 지금의 내가 연속되고 있다면 분명 그럴 것이다.

“저도 오늘은 일이 일찍 끝날 예정이니까요. 저녁은 밖에서 같이 먹어요. 전부터 궁금했던 레스토랑이 있거든요.”

“릴리스는 무슨 일을 하고 있는데?”

“이상한 말씀을 하시네요.”

릴리스는 의아해하는 표정을 짓더니 이렇게 말했다.

“시장에서 일하고 있어요. 풀타임은 아니고 파트타임이지만요. 샐러드용 채소도 거기서 받아 온 거예요.”

“귀족인데 시장에서 일한다고?”

“신분 따윈 지금의 저에게는 아무래도 좋아요. 저는 당신과 같이 살 수만 있다면 그 외에는 아무것도 필요 없으니까요.”

아침 식사를 마치고 나는 릴리스의 인사를 받으면서 집에서 나왔다.

우리 집은 교외에 자리 잡고 있었다.

원래 릴리스가 살고 있던 귀족 거주지의 저택과는 정반대로 한

적하고 소박한 장소였다.

자고 일어났더니 릴리스와 결혼한 상태였다.

귀족 영애였던 릴리스는 시장에서 일하면서 나와 함께 검소하게 살아가고 있었다.

——도대체 무슨 일이 일어난 걸까?

그리고 나는 일단 일하러 간다는 명목으로 집에서 나왔는데, 어디로 가야 하는 걸까? 원래 정해졌던 오늘의 스케줄과 똑같을 거란 생각은 전혀 들지 않았다.

어쩌면 좋을까 하고 당황하여 멍하니 있었는데.

『——카이젤, 들려?』

돌연 머릿속에 목소리가 울려 퍼졌다.

이 목소리는——.

"……에트라?"

주위를 둘러봤다. 그러나 에트라의 모습은 보이지 않았다.

"이건 통신 마법인가? 너 어디 있어?"

『아무리 찾아도 못 찾을 거야. 난 지금 바깥 세계에서 통신하고 있으니까.』

"바깥 세계?"

『그래. 넌 지금 현실 세계와는 다른 곳에 있어. 너만 그런 게 아니야. 왕도에 사는 녀석들 대부분이 그쪽 세계로 날아가 버렸어.』

"역시 여기는 현실 세계가 아니었구나."

순순히 납득했다. 그와 동시에 안심했다.

“응, 그래서? 대체 어디야? 이 세계는.”

『꿈의 세계야.』

“꿈의 세계?”

『너희들이 밤에 잠들고 나서, 마물 한 마리가 왕도의 하늘을 뒤
덮었어. 그 녀석―― 맥(貘)처럼 생긴 마물은 너희들 모두를 꿈속
에 가둬버렸어.』

맥.

그것은 사람이 꾸는 꿈을 먹는다는 생물이다.

『너희들은 지금 자기들의 꿈속에 있어. 그곳은 각자의 꿈――
욕망이나 이상이 반영된 왜곡된 공간이지.

너도 이미 체험하지 않았어? 지인의 이상이 반영된 세상에 너
자신이 휘말려 들어간 것을.』

짚이는 것은 있었다. 방금 체험했으니까.

“그럼 내가 릴리스와 결혼한 것으로 되어 있는 것은…….”

『그래. 릴리스의 이상의 세계―― 그것이 현현된 거지. 그 녀석
은 너와 함께 교외의 집에서 소박한 결혼 생활을 하는 것이 꿈이
었던 거야.

진짜 귀족 영애가 생각할 만한 일이지. 귀족의 신분을 버리고
좋아하는 사람과 단둘이 조용히 살고 싶다는 것은.』

어이없다는 듯이 말하는 에트라. 나는 질문을 던졌다.

“우리를 꿈의 세계에 가두다니, 적은 도대체 뭘 노리는 거지?”

『맥처럼 생긴 마물은 왕도 사람들의 꿈을 빨아들여 자기 힘을

강화하려고 하는 것 같아.』

"저지할 수단은?"

『억지로 꿈의 세계에서 도망치려고 하면 두 번 다시 눈을 뜨지 못할 가능성이 있어. 그것과 같은 이유로 내가 맥 본체를 공격하는 것도 안 돼. 맥 마물은 지금 잠자고 있는 왕도 사람들과 접속하고 있으니까, 함부로 그 접속을 끊어버리면 무슨 일이 일어날지 예상할 수 없어.』

"그럼 대책이 없다는 거야?"

『아니. 반대로 그걸 이용하면 돼.』

"반대로 이용한다고?"

『맥처럼 생긴 마물한테 꿈을 배 터지게 먹여주는 거야. 그 세계에 있는 왕도 사람들의 꿈에 실컷 어울려주는 거지. 그러면 꿈의 양은 가속도적으로 증폭될 거야. 그놈이 빨아들일 수 있는 꿈의 양에도 한계가 있으니까. 허용량 이상의 꿈을 한꺼번에 먹여주면, 맥은 배 속의 용량이 한계에 달해 자멸하게 될 거야.』

"그게 그렇게 잘될까?"

『내 말은 틀림없어. 어차피 다른 방법도 없고. 됐으니까 입 다물고 내 말 들어.』

에트라가 그렇게 말한다면 그런 거겠지. 도박을 제외한 다른 분야에서는 에트라의 견해는 신용할 만했다.

"그런데 에트라, 넌 용케 휘말리지 않았구나? 안 잤어?"

『낮에 카지노에서 가진 돈을 다 탕진했거든. 그래서 월급날까지 어떻게 살지? 하고 전전긍긍하다 보니 잠이 안 오더라고.』

"불행 중 다행이구나."

『통신 마법과 원시(遠視) 마법은 닿는 것 같으니까, 네 동향은 내가 계속 지켜볼게. 그러다가 무슨 일 있으면 자세히 지도해줄게.』

"알았어. 잘 부탁한다."

지인들을 만나서 이번에 표출된 그들의 잠재적 소망—— 이상의 세계에 어울려준다. 그리하여 꿈의 총량을 증폭시켜 맥을 자멸하게 만든다.

일단 왕도 중심부에 가보기로 했다.

그곳에는 누군가는 있을 테니까.

『참고로 꿈의 세계에서 있었던 일은 깨어나면 기본적으로는 잊어버린다고 하더라. 뭐, 나는 완벽하게 전부 다 기억할 테지만..』

"그건 좀 달갑지 않은데."

이상한 짓 하지 않도록 조심해야겠다.

에트라에게 약점을 잡힐 수도 있으니까.

왕도 중심부—— 마법 학교 근처에서 걷고 있을 때였다.

"카이젤 씨."

당장 내 지인이 나타나 말을 걸었다.

안경을 쓴 지적인 성인 여성—— 이레네는 마법 학교 강사였다. 나를 마법 학교 강사로 추천해준 인물이기도 했다.

"아, 이레네 선생님. 지금 출근하시는 건가요?"

"무슨 말씀이세요?"

“네?”

“전 지금 육아휴직 중이에요. 카이젤 씨도 다 아시잖아요?”

육아휴직 중이라고?!

“그, 그러고 보니 그랬죠.”

나는 허둥지둥 맞장구를 쳤다. 아마도 이 사람의 잠재적 소망이 세계에 반영된 모양이다.

육아휴직 중. 아이를 원했던 건가.

이제야 눈치챘는데, 이레네는 작은 아기를 품에 안고 있었다.

아직 돌도 안 지난 아기일까. 머리카락도 다 났고 눈이 동글동글 또렷했다. 통통한 뺨이 무척 사랑스러웠다.

“아기가 귀엽네요.”

“그야 물론이죠. 저와 당신의 아이니까요.”

“네?! 내, 내 아이라고요?!”

“네♡”

사랑스럽다는 듯이 품속의 자기 자식을 어루만지는 이레네.

“이 아이는 저와 카이젤 씨의 사랑의 결정체입니다.”

“………….”

어느새 나와 이레네 사이에 놀랍게도 아이가 태어나 있었다. 그래, 자세히 보니 아기의 얼굴에는 내 얼굴과 비슷한 점도 있는 것 같았다.

『이 여자의 소망은 너와 인연을 맺어 자식을 낳는 것이었구나.』

에트라의 목소리가 들렸다.

『하기야 현실 세계에 있었을 때도 너한테 추파를 던졌으니까. 속으로 이런 것을 생각하고 있어도 이상하진 않겠다 싶었어.』

"그랬어?"

『몰랐냐? 너에 대한 애정이 넘쳐흐르던데. 이 사람은 너를 볼 때마다 완전히 여자의 얼굴을 하고 있었어.』

전혀 몰랐다.

"그런데 이레네의 소망 속에서는 우리는 부부가 된 거잖아? 하지만 나는 지금 릴리스와도 결혼한 상태인 것 같던데."

『이 세계에서는 각각의 꿈이 뒤섞여 동시에 존재하고 있거든. 너랑 결혼하고 싶어 하는 사람의 주관에 의하면, 그 사람은 이미 너랑 결혼한 거야. 또 실제로 그런 식으로 당사자 주변의 세계는 개조되어 있고.』

"그러면 내가 양다리, 아니 몇 다리나 걸치고 있는 거 아냐? 혹시나 릴리스가 이 장면을 목격했다간 아수라장이 펼쳐질 가능성이……."

『그건 걱정하지 않아도 돼. 이레네의 세계에서는 너는 일편단심인 남편이고, 다른 사람의 세계에서도 그건 마찬가지일 테니까. 혹시나 릴리스가 이 장면을 목격하더라도 당사자의 머릿속에서는 자기 입맛에 맞게 변환될 거야.』

"그, 그렇구나."

『그러니까 너는 아무것도 신경 쓰지 말고 상대의 꿈에 따르는 데 집중해. 그래야 탈출할 수 있을 테니까.』

“응, 알았어.”

“카이젤 씨, 누구랑 이야기하고 계시는 거예요?”

그때 이레네가 나에게 말을 걸었다.

“아, 미안해요. 그냥 혼잣말이었어요.”

“그런가요? 저 지금 시장에 장을 보러 갈 건데요. 같이 가주실 수 있을까요?”

“네, 그럼 짐을 들어줄게요.”

우리는 시장에 가기로 했다.

이레네는 저녁에 요리할 식재료들을 차례차례 샀다. 아마도 스튜를 만들려나 보다. 그런데 식재료가 하나같이 다 양이 많았다.

“저기, 너무 많이 사는 거 아니에요? 다 못 먹을 것 같은데요.”

“아뇨, 자식이 열 명이나 있잖아요. 이건 오히려 부족할 정도죠.”

“여, 열 명?!”

나도 모르게 확인하듯이 물어봤다. 그건 너무 엄청난 대가족인데?

“네. 당신 덕분에 많은 자식을 얻을 수 있었어요.”

이레네는 배를 쓰다듬으면서 살짝 미소를 지었다.

“그리고 조만간 또 한 명이⋯⋯♡”

“우와⋯⋯.”

더 있었다. 대체 얼마나 자식을 만들어야 직성이 풀리는 걸까.

“언젠가는 우리 아이들끼리 야구 대항전을 하게 해주는 것이 꿈이에요. 그러니까 카이젤 씨, 당신이 많이 노력하셔야 해요.”

"열여덟 명이나 낳는다고요?!"

이레네는 귀엽게 눈을 치뜨고 나를 쳐다봤다.

뜨거운 시선이었다.

『이 녀석, 겉으로는 성실해 보이지만 실제로는 아주 음란한 여자구나. 이제는 아예 임신하는 것이 삶의 목표가 되어버렸는데?』

에트라는 어처구니없다는 듯이 말했다.

이레네는 잠재적으로 이런 소망을 품고 있었구나…….

그동안 동료로서 접해왔는데 전혀 눈치채지 못했다.

그 후 나는 방금 구매한 식재료를 손에 들고 이레네와 함께 집으로 돌아갔다. 그 집은 주택가에 위치한 단독주택이었다.

집에 돌아가자, 아이들이 맞이했다. 큰애는 열 살 정도이고 막내는 아직 갓난아기였다.

"당장 밥을 만들어줄게요."

그렇게 말하더니 이레네는 앞치마를 두르고 주방에서 요리하기 시작했다.

"도와줄까요?"

"아뇨. 카이젤 씨는 아이들이랑 놀아주세요."

일단 물어봤는데 그런 대답이 돌아왔다.

시키는 대로 많은 아이를 상대하면서 놀아줬다. 그러자 어느새 거실의 테이블 위에는 음식들이 차려져 있었다.

과연 대가족의 밥상이라고나 할까. 엄청난 볼륨이다.

"그런데 음식의 종류가 묘하게 한쪽으로 치우친 것 같은데요?"

“그런가요?”

“어, 뭐랄까요. 왠지 정력에 좋은 보양식이 많아 보이는데.”

“카이젤 씨는 앞으로도 더 많이 노력하셔야 하니까요”라고 말하더니 이레네는 열기를 띤 눈으로 이쪽을 쳐다봤다.

“저, 오늘도 이따가. 어때요……♡”

“…………”

전율했다.

이러다간 말라비틀어질 때까지 정기를 빼앗길 것이다.

위기를 느낀 나는 정력에 좋은 저녁밥을 배불리 먹은 뒤, 소화를 시킬 겸 산책을 다녀오겠다는 말을 남기고 집 밖으로 도주했다.

골목길에서 큰길로 나왔을 때 뒤를 돌아봤다. 누가 쫓아오는 기색은 없었다. 아마도 이레네의 꿈의 세계에서는 빠져나온 것 같았다.

『이왕 그렇게 됐으니 같이 어울려주지 그랬어?』

에트라가 나를 놀렸다.

『그랬으면 꿈의 총량도 단번에 확 늘어났을 텐데. 확실하게.』

“웃기지 마. 그런 것까지 같이 해줄 수는 없잖아? 원래 우리가 사귀는 사이였다면 그런 행위를 할 수도 있겠지만.”

『에이, 뭐 어때? 어차피 꿈속이잖아. 일어나면 상대는 전부 다 잊어버릴 거야. 뒤끝 없이 즐길 수 있다니, 최고잖아?』

“꿈속이라고 해도 괜찮은 건 아니야. 이것은 내 윤리관의 문제야. 무책임하게 누군가와 그런 행위를 하고 싶진 않아.”

『독신인데도?』

“언제나 우리 딸들에게 부끄럽지 않은 어른이고 싶으니까.”

『넌 여전히 끔찍하게 고지식하구나.』

“아니, 애초에 꿈속에서 그런 행위를 했다간, 그 광경을 네가 훔쳐볼 수 있는 거잖아?”

『물론이지. 살짝 훔쳐보는 정도가 아니라 대놓고 구경할 거야. 이렇게 재미있는 일이 또 어디 있겠어?』

“그럼 더더욱 그런 짓은 못 하지.”

평생 놀림당할 게 뻔하잖아. 그걸 알면서도 스스로 약점 잡혀 줄 수는 없다.

큰길로 나온 지 얼마 후. 뒤에서 뛰어오는 발소리가 들렸다.

——설마 이레네가 쫓아온 건가?

그렇게 생각했는데, 그 발소리는 여러 개였다. 조심스럽게 뒤를 돌아보자, 그곳에는 갑옷을 입은 기사들이 있었다. 기사이긴 한데 엘자는 아니었다.

“카이젤 님! 이런 곳에서 뭐 하시는 겁니까!”

“뭐 하긴? 그냥 거리에서 산책하고 있었는데. 무슨 일이야? 왜 그렇게 허둥거려?”

“국왕 폐하가 왕성에서 빠져나가 시내에서 어슬렁거리시니 저희가 허둥거리는 것도 당연하죠!”

“국왕 폐하? 누가?”

"모르는 척하지 마세요. 당신—— 카이젤 님이 바겐슈타인 왕국의 국왕 폐하이시잖아요!"

"뭐라고?!"

나도 모르는 사이에 국왕 폐하가 되어 있었다!

좀 전까지는 이레네의 남편이자 열 아이의 아버지였는데!

"자, 이제 성으로 돌아가시지요."

"저, 저기!"

기사들에게 강제로 연행되어 왕성으로 갔다.

아마도 다른 지인의 꿈속에 휘말린 모양이다. 그리고 이 상황에서 맨 처음 떠오르는 지인은——.

"오! 카이젤, 돌아왔구나!"

성으로 돌아온 나를 맞이한 사람은 프림 왕녀였다.

"치사하지 않은가! 왕도에 간다면 나도 가고 싶었다! 내내 성에서 공부만 하느라 숨이 막혀버릴 것 같단 말이다!"

속상한 표정으로 팔짱을 끼고 뺨을 부풀리면서 투덜거리고 있었다.

"나를 두고 갔으니, 그 벌로 오늘은 나와 같이 자야겠다! 그리고 내가 잠들 때까지 너의 모험담을 들을 것이다!"

"어머나, 프림도 참. 카이젤 씨한테 착 달라붙었네요."

그리고 저 안쪽에서 나타난 사람은 소니아 여왕님이었다.

뺨을 손으로 감싸면서 어머나, 우후후 하고 기품 있게 웃고 있었다.

소니아 님은 나를 보면서 말했다.

“──잘 다녀왔어요? 여보♡”

“………….”

내가 국왕 폐하란 말을 들었을 때 ‘혹시나’ 하고 생각했는데, 역시나 소니아 님과 나는 부부 관계가 된 것 같았다.

그렇다는 것은 지금은 여왕 폐하가 아니라 왕비님이란 뜻이다.

“소니아 님도 국왕 폐하께 뭐라고 한마디 해주세요. 이 나라의 최고 지도자께서 호위병 하나 없이 무방비하게 시내를 돌아다니시는 것은 너무 위험합니다.”

나의 반성을 촉구하려는 것처럼 근위병이 소니아 님에게 도움을 청했다.

“무릇 왕이란 존재는 상식에 얽매여선 안 됩니다. 게다가 카이젤 씨는 호위병이 없어도 문제없잖아요.”

소니아 님은 전면적으로 나를 옹호했다.

“얼마든지 마음대로 행동해도 됩니다. 나는 그저 아내로서, 왕비로서 그런 당신을 지지할 거예요♡”

““………….””

근위병도 나도 다 같이 말문이 막혀버렸다.

여왕 폐하 시절의 의연함은 더 이상 흔적도 남아 있지 않았다. 나한테 홀딱 반했다는 것이 너무나 잘 느껴졌다.

“어마마마는 변함없이 카이젤을 참 좋아하시는구나!”

“후후. 실은 프림도 마찬가지잖아요?”

“그건 그래!”

모녀는 서로 마주 보고 웃었다.

사이좋아 보이는 광경인데…….

『이것은 여왕과 왕녀의 공통된 잠재적 소망이 뒤섞인 세계인 것 같군요.』

에트라가 해설하듯이 말했다.

『소니아는 네가 남편으로서 국왕이 되어주길 바라고, 프림은 네가 새아버지가 되어주길 바라는 거야.』

“역시 그렇게 되는 건가…….”

『왜, 좋잖아? 여왕과 왕녀가 둘 다 너를 그렇게 생각한다니. 네가 국왕이 되면 이 나라를 손안에 넣는 거나 마찬가지인데? 권력도 마음대로 쥘 수 있고. 그러면 동료인 나도 그 덕을 볼 수 있을 테니까. 그래, 너 재혼해라.』

“그렇게 쉽게 말하지 마. 국왕이 된다는 것은 책임이 막중한 일이라고.”

그리고 만약에 내가 국왕이 되더라도 그런 유착 같은 짓은 안 할 거다.

“카이젤 씨가 이 나라의 왕이 되어주셔서 정말 다행이에요. 나는 본디 여왕이 될 만한 그릇이 아니라고 생각했거든요.”

소니아 님은 나를 보면서 말했다.

“게다가 프림도 카이젤 씨가 아버지가 되어서 무척 행복해하는 것 같아요. 그러니 나와 그 아이 모두가 만족하는 결과가 된 거죠.”

이어서 슬쩍 시선을 돌리더니.

"그이도 틀림없이 하늘나라에서 기뻐하고 있을 거예요."

어딘가 먼 곳을 바라보며 중얼거렸다.

그때 소니아 님의 시선 끝에서 나는 한 남자의 환상을 봤다.

흐릿하고 투명한 윤곽의 사람 그림자가 그곳에 떠올라 있었다.

자세히 보니 그것은 수염을 기른 멋진 남자였다.

전에 초상화에서 본 적이 있었다.

분명히 그는 병으로 세상을 떠난 선왕일 것이다. 즉―― 소니아 님의 남편이자 프림의 아버지란 뜻이다.

『내 아내와 딸을 잘 부탁하네. 자네에게는 두 사람을 맡길 수 있어.』

선왕이 나를 향해 고개를 깊이 숙였다.

물론 현실의 광경은 아니었다.

소니아 님이나 프림의 소망이 반영된 한낱 환상에 불과했다. 아마 방금 그 대사는, 자신의 결단을 선왕도 인정했으면 좋겠다는 잠재의식의 발로일 것이다.

요컨대 선왕은 그 두 사람이 원하는 말만 한다는 뜻인데――.

『카이젤 군. 내 아내와 함께 자식을 낳아주게. 가능한 한 많이. 그러면 이 나라의 미래는 틀림없이 밝아질 거야.』

죽은 남편한테 엄청난 말을 시키고 있구나!

방금 그 대사를 통해 확정됐다. 이 유령은 소니아 님의 소망을 현현시킨 것이다.

“아니, 아무리 그래도 거북하지 않아요? 아내가 다른 남자와 관계를 맺다니.”

『소니아가 행복해진다면 나 외의 다른 남자와 맺어져 자식을 낳아도 상관없다. 그것이 왕의 도량이라는 거야.』

“우후후. 당신도 참♡”

소니아 님에게도 이 유령이 보이는 건가?! 심지어 평범하게 대화까지 하고 있잖아! 아니, 실질적으로는 자기 자신과의 자작 대화지만!

소니아 님은 나에게 몸을 딱 붙이면서 말했다.

“자, 카이젤 씨. 고맙게도 저 사람도 저렇게 말하잖아요. 우리 같이 침실로 이동할까요?”

“둘이 뭘 하려고?”

“아이를 만들 겁니다♪”

그러자 프림이 적극적으로 달려들었다.

“오! 그거 좋은데?! 나도 슬슬 남동생이나 여동생이 있으면 좋겠다고 생각했거든. 그런데 아이를 만드는 것은 어떻게 하는 거야? 나도 둘이 아이를 만드는 순간을 구경하고 싶다!”

절대로 안 된다. 어린이에게는 너무 자극적인 행위다.

잠깐, 이러다간 진짜로 침실로 끌려갈 것이다. 나는 틈을 노려 탈출해서 여왕의 접견실 밖으로 뛰쳐나갔다.

“근위병 여러분, 카이젤 씨를 다시 끌고 오세요♪”

““““네!””””

등 뒤에서 근위병들이 쫓아왔다.

붙잡혔다간 끝장나는 거다.

『이놈도 저놈도 죄다 속으로는 터무니없는 것만 생각하고 있구나. 뭐, 인간도 결국 짐승이라는 걸까.』

원시 마법으로 지켜보고 있던 에트라가 기막혀하면서 말했다.

그런데 근위병들은 끈질겼다. 소니아 님의 집념이 반영된 걸까. 아무리 뿌리치려고 해도 그들은 계속해서 쫓아왔다.

왕성에서 뛰쳐나와 왕도의 사람들 속에 숨었다가 일단 눈에 띄는 건물 안으로 뛰어 들어갔다. 문을 닫고 귀를 기울였더니 근위병들의 목소리가 들렸다.

여러 개의 발소리가 다가오다가 이윽고 멀어져갔다.

겨우 따돌렸나 보다.

휴 하고 가슴을 쓸어내리고 고개를 들었다. 그곳은 몇 번이나 와본 적 있는 곳이었다. 반사적으로 익숙한 건물로 도망쳐 들어왔나 보다.

"……아, 카이젤 씨. 다녀오셨어요?"

나를 맞이해준 사람은 리즈베스 씨였다. 앞치마를 걸치고 있었다. 이곳은 리즈베스 씨가 경영하는 여관—— 요정의 은신처였다.

"장보기를 다 맡겨버려서 죄송해요."

어느새 나는 종이봉투를 품에 끌어안고 있었다. 그 안에는 과일과 채소가 한가득 들어 있었다. 식재료를 사러 나갔다 왔다는 설정인가 보다.

“자, 런치 타임이 되기 전에 빨리 준비를 끝내버립시다.”

아마도 리즈베스 씨의 꿈의 세계에서는 나도 이 여관에서 일하고 있는 것 같았다.

나는 주방에 서서 리즈베스 씨와 함께 요리 준비를 시작했다.

그나저나 좀 전까지는 저녁이었는데. 창밖을 보니 어느덧 해가 높이 떠 있었다.

각자의 꿈의 세계에 따라 밤낮도 뒤죽박죽으로 뒤섞여 있는 것 같았다. 꿈의 세계다운 황당무계함이라고나 할까.

“에헤헤……”

“왜 그러세요?”

“아, 죄, 죄송해요” 하고 리즈베스 씨는 수줍어하면서 말했다. “카이젤 씨와 함께 요리하는 게 너무 즐거워서…….”

요리 준비가 끝난 지 얼마 후. 손님이 점심을 먹으러 가게에 왔다.

좀 전까지는 한산했던 식당이 눈 깜짝할 사이에 북적거렸다.

내가 주방에서 음식을 만들면 리즈베스 씨가 그것을 날랐다. 리즈베스 씨는 원활하게 주문을 받고 손님과도 편하게 대화를 나누고 있었다.

“이 여관의 음식은 언제나 최고로 맛있어.”

“가격도 양심적이고 분위기도 좋아. 덕분에 날마다 여기 온다니까?”

“하지만 더 이상 장사가 잘되진 않았으면 좋겠어. 너무 알려지

진 않았으면 좋겠다고.”

“그나저나 카이젤 씨, 참 멋있지? 요리도 잘하고 다정하잖아. 아무리 봐도 리즈베스는 좋은 남편을 붙잡았다니까.”

“잘 어울리는 부부지. 두 사람은.”

“후, 후헤헤.”

단골손님들이 놀리듯이 떠들어대자, 리즈베스 씨는 부끄럽고 행복해서 어쩔 줄 몰랐다.

언젠가 리즈베스 씨는 말했었다.

자신이 경영하는 여관이 왕도 사람들의 휴식처가 되면 좋겠다고. 모두가 웃을 수 있는 공간을 만들고 싶다고.

눈앞에 펼쳐진 이 광경이야말로 리즈베스 씨의 이상일 것이다.

『이 여자의 소망은 너와 함께 여관을 경영하는 거구나.』

에트라가 말했다.

『그런데 어지간히 기쁜가 봐. 너랑 함께 일만 하고 있는데도 꿈의 총량이 마구 늘어나고 있어.』

그런가.

『좀 전까지 만났던 녀석들에 비하면 아주 소박한 소원이잖아? 물론 자연스럽게 부부가 되어 있는 것은 마음에 안 들지만.』

그러더니 콧방귀를 뀌는 에트라.

안 봐도 그 모습이 눈에 선했다.

“에트라. 만약에 너의 이상의 세계가 현현된다면, 카지노에서 허탕 치지 않고 대박만 계속 터진다든가 하는 세계가 되겠지.”

『너는 뭘 모르는구나.』

"무슨 소리야?"

『도박이란 것은 허탕 칠 때가 존재하기 때문에 대박이 났을 때 재미있는 거야. 허탕도 치지 않고 100% 대박만 터뜨린다고? 그런 것은 전혀 재미있지 않아.』

"그렇게 따진다면 한 번도 대박을 터뜨리지 못하고 계속 허탕만 치는 게 지금의 너잖아. 그런데도 도박이 재미있어?"

『응, 당연하지. 언젠가 미친 듯이 대박이 날 거라고 믿으니까. 그 가능성이 존재하는 한, 아무리 실패해도 그저 즐거운 거야.』

그렇구나.

『그러니까 내 이상의 세계가 현현된다면, 아마도 마음 맞는 동지랑 편먹고 아침부터 신나게 도박하다가 밤에는 고기를 구워 먹는 세계가 되겠지.』

"속물적이군."

다른 사람들의 소망과는 일선을 그을 정도로 달랐다.

그 후에도 나는 리즈베스 씨와 함께 정신없이 바쁜 런치 타임을 소화해냈다. 그게 끝나자 휴식을 좀 취하려고 일단 여관 밖으로 나왔다.

내가 거리를 걷고 있을 때였다.

"야, 카이젤. 이런 데서 뭐 하냐?"

레지나가 말을 걸었다. 붉은 머리카락을 휘날리면서 등에는 대검을 짊어진 모습이었다. 레지나도 꿈의 세계에 와 있었구나.

"오늘부터 모험을 떠나기로 했잖아? 빨리 준비해."

아마도 나는 이미 레지나의 세계에 들어와 있는 듯했다. 그 세계에서는 오늘부터 모험을 떠나기로 한 것 같았다.

"어, 좀 기다려. 리즈베스 씨에게 한마디 말은 하고 나서……."

"뭐?"

노골적으로 불쾌한 티를 내는 레지나.

『그럴 필요 없어. 여기서 네가 사라져도 실체만 없어질 뿐이지, 너는 다른 녀석들의 세계에 계속 존재하고 있으니까.』

그런가. 그럼 내가 빠져나가도 문제는 없겠구나.

"미안. 아무것도 아냐."

"흥. 마차는 준비해놨어. 자, 가자."

레지나의 뒤를 따라갔더니 왕도 정문 근처에 마차가 세워져 있었다.

운전석에 올라타자, 레지나는 말의 고삐를 잡았다. 말은 소리 높여 울면서 달리기 시작했다. 그대로 왕도 밖으로 빠져나갔다.

"모험가 길드의 임무라도 수행하러 가는 거야?"

나는 운전석 옆에 앉아서 물어봤다.

"그런 시시한 게 아니야."

그러더니 레지나는 이야기를 계속했다.

"최근에 왕도 동쪽에 신대륙이 출현했잖아?"

"신대륙?"

"지금까지 바다였던 곳에 돌연 대륙이 나타났어. 듣자니 미개

척지인 그 대륙에는 신종 마물이 서식하고 있대. 그곳에 들어갔
던 조사단들은 강력한 마물과 마주쳐서 눈 깜짝할 사이에 격퇴당
했다고 하더군.”

레지나는 사나운 미소를 지었다.

“거기만 있는 게 아니야. 신대륙은 세계 각지에서 잇따라 출현
하고 있어. 지금까지 없었던 강력한 적이 우리를 기다리고 있어.

그놈들과 싸울 생각을 하니 벌써 가슴이 터질 듯이 두근거려.
자, 카이젤. 우리의 모험은 지금부터 시작되는 거다.”

『신대륙이란 것은 물론 이 녀석의 망상이야.』

에트라가 보충 설명을 해줬다.

『너와 함께 강한 마물과 싸우고 싶다. 끝없는 모험을 계속하고
싶다. 그것이 이 녀석이 품은 소망일 테지. 틀림없어.

그 욕망을 채우기 위해 적당한 무대를 창조한 거야.』

레지나는 너무나 강하기 때문에 기존의 마물로는 더 이상 만족
할 수 없었다. 그래서 강한 힘을 가진 마물을 새로 만들어 낼 필
요가 있었다. 대충 그런 이야기인가.

『아니, 그런데 당연하다는 듯이 나만 따돌리고 있잖아? 나 참,
일단 나는 레지나를 동료라고 생각했는데 말이지?』

에트라는 불만이 있어 보였다.

레지나와는 견원지간이지만, 그래도 이렇게 완전히 따돌림당하
니까 화가 난 것 같았다. 일단 동료 의식은 가지고 있었나 보다.

나는 레지나에게 물어봤다.

“에트라는 같이 안 가?”

“그 녀석은 짐칸에 타고 있어.”

『뭐? 나도 있어?』

에트라는 놀랐는지 소리를 질렀다.

『어휴, 뭐야. 이러니저러니 해도 결국 나도 소중한 동료라고 생각한 거구나? 흥, 제법 귀여운 면도 있네.』

은근히 기뻐하는 것 같았다.

그때 짐칸의 천막이 걷히더니 안에서 누군가가 모습을 드러냈다.

나는 그쪽을 봤다. 놀라서 한 번 더 봤다.

에트라──일 것이다. 아마도.

하지만 내가 아는 에트라와는 달랐다.

진짜 에트라보다 키도 작았고 얼굴도 달랐다. 이유는 모르겠는데 뻐드렁니였다. 가슴도 쫙 펴지 않고 몸을 둥글게 움츠리고 있었다. 평소의 오만함은 찾아볼 수 없었다.

“아유──. 저도 데려가주셔서 정말 영광이지유”라고 에트라처럼 보이는 작은 여자가 두 손을 비비면서 말했다. ……지유?

“정말이지, 레지나 님 앞에서는 고개를 들 수 없지유.”

『허? 이거 누구야. 아니, 말끝마다 ‘지유’는 왜 붙여?』

“에트라겠지. 레지나가 생각하는 에트라.”

『아까 그 말 취소. 역시 이 녀석, 짜증 나. 지금 당장 그쪽으로 가서 이 가짜와 레지나를 한꺼번에 숯덩이로 만들고 싶어.』

“어, 저기, 진정해.”

분개하는 에트라를 내버려둔 채 마차는 신대륙으로 달려갔다.

그 후 우리는 신종 마물을 상대로 격투를 벌였다.

아무래도 레지나의 소망을 구현화한 것이다 보니, 평소에 싸우는 개체와는 비교도 안 될 정도로 싸울 맛이 나는 마물들이었다.

싸우는 동안 레지나는 정말로 즐거워 보였다.

눈이 번쩍번쩍 빛나고 생기가 넘치는 모습이었다.

과거에 우리가 초보 모험가로서 열심히 싸우던 시절——이제 와서 돌이켜보면 청춘이라고 할 만한 시간을 보내던 그 시절처럼.

다른 것은 아무것도 생각하지 않고 오로지 싸움의 나날에만 몸을 던지고 싶다. 레지나가 품고 있는 그 소망이 더할 나위 없이 솔직하게 전해져왔다.

무사히 모험을 마친 후 우리는 왕도로 돌아왔다.

헤어질 때 레지나는 벌써 다음 모험에 대한 의욕을 불태우고 있었다.

『나 참. 레지나, 저 녀석. 진짜로 짜증 난다니까. 현실 세계로 돌아오면 무조건 한 대 때려줄 거야.』

"꿈의 총량은 어때?"

『순조롭게 증폭되고 있어. 조금만 더 증폭시키면 맥의 마물의 허용량을 뛰어넘어, 마물이 스스로 못 버티고 자멸할 거야.』

"그렇구나."

하지만 기본적으로 아는 사람은 거의 다 만나버렸다.

아직 만나지 않은 사람은——.

"아버님!"

내가 거리를 걷고 있는데 말을 걸어오는 인물이 있었다.

엘자였다.

기사단 갑옷을 입은 엘자는 은빛 머리카락을 나부끼며 이쪽으로 뛰어왔다.

"어, 안녕? 순찰 중이니?"

"네. 이제 막 끝났습니다."

"그건 기사단장이 할 일이 아니잖아."

"아뇨, 시민 여러분과 직접 접할 귀중한 기회니까요."

그러더니 엘자는 말을 이었다.

"그런데 요새 왕도는 치안도 좋아서 사건도 전혀 일어나질 않아요. 너무나 평화로워서 제 실력이 녹슬 것 같습니다."

엘자의 이상의 세계가 현현됐기 때문일 것이다.

왕도는 별다른 사건도 일어나지 않고 더없이 평화로운 것 같았다. 평소 같으면 순찰하는 도중에 무슨 소동이 일어날 텐데.

"좀 전에는 저와 대련해주셔서 감사합니다."

"응?"

"아버님과 대결하는 것이 역시 저에게는 가장 강렬한 자극을 줘요. 그리고 기사단 사람들도 아버님이 지도해주신 덕분에 성장하고 있습니다."

엘자의 이상 세계에서는 현역으로 내가 기사단 교관으로 일하고 있는 듯했다.

즉, 엘자가 그랬으면 좋겠다고 바라고 있다는 뜻이기도 했다.

"그런데 아버님의 뒷모습은 여전히 너무나 먼 곳에 있네요. 겨우 일격을 가하는 데 성공했지만, 도저히 뛰어넘지는 못할 것 같습니다."

미소 지으면서 묘하게 자랑스러워하는 것처럼 말하는 엘자. 그걸 본 나는 '어라?' 하고 생각했다.

지금 이곳은 엘자의 이상을 구현한 세계다.

그러니까 엘자가 마음만 먹으면 나보다 강해지는 것도 가능할 텐데. 일격만 가하는 게 아니라 나를 때려눕히는 것도 가능할 것이다.

그런데도 나한테는 못 이기겠다고 말한다는 것은——.

『너에게 일격을 가해 인정받고 싶지만, 또 한편으로는 아버지인 네가 도저히 넘을 수 없는 벽으로 계속 있기를 바라는 거겠지.』

에트라가 자신의 추측을 이야기했다.

『아버지 품에서 떠나질 못하고 있네. 이 애는 점잖은 척하고 있지만 실제로는 심각한 파더 콤이야.』

응, 아마도 그렇겠지.

그런데 엘자가 나에게 그런 것을 기대하고 있었다니.

"그럼 나도 아직은 어깨의 짐을 내려놓지 못하겠구나."

『뭐? 아니, 안 져줄 거야?』

"딸의 소원을 이루어주는 것이 아버지의 역할이니까."

나도 딸에게는 멋진 모습을 보여주고 싶다. 엘자가 그걸 원한다면, 앞으로도 아버지로서 강인한 뒷모습을 계속 보여주고 싶다. 나는 그렇게 생각했다.

"그나저나 아버님. 어서 가시죠."

"어디로?"

"왕도에 새로 생긴 팬케이크 가게입니다. 듬뿍 들어간 생크림과 싱싱한 과일이 굉장히 맛있다고 하더군요."

엘자가 내 팔을 잡아당겼다. 우리는 왕도에 있는 가게로 이동했다.

가게 앞에는 사람들이 줄을 서 있었다.

이상의 세계여도 사람들은 성실하게 줄을 서야 하는 모양이다. 이런 데서 엘자의 고지식한 성격이 드러났다.

한 시간쯤 줄을 섰다가 드디어 가게 안에 들어갔다.

제일 인기 있는 팬케이크를 주문한 뒤 엘자와 함께 무난한 잡담을 즐겼다. 이윽고 점원이 접시 2인분을 가져왔다.

큼직하게 잘 부푼 팬케이크는 벌꿀을 잔뜩 바르고, 생크림을 듬뿍 올리고, 싱싱한 과일을 곁들인 음식이었다.

"이건…… 굉장하구나."

양도 칼로리도 어마어마해 보였다.

"괜찮습니다. 이건 구웠으니까 0칼로리입니다."

그럴 리가 있나.

하지만 실제로 이 공간에서는 그럴 것이다.

엘자의 소망이 현실이 되어 있으니까.

“으응~♪ 행복해요……!”

엘자가 적당히 자른 팬케이크 조각을 먹고 황홀한 표정으로 말했다. 뺨을 감싸면서 하늘을 날 것 같은 기분을 맛보고 있었다.

“자, 앞으로도 쭉 이렇게 왕도의 디저트 가게를 제패해요.”

엘자는 평소에 디저트를 먹는 것은 나약한 행위라고 하면서 절제하는 경향이 있었다. 하지만 실제로는 너무너무 먹고 싶어서 참을 수 없을 것이다.

그래서 이상의 세계에서는 이렇게 마음껏 먹고 있었다.

우리는 팬케이크를 먹어치운 다음에 가게에서 나왔다.

“이제는 어쩔 거니?”

“안나를 데리러 가야죠.”

“안나를?”

“네. 슬슬 일이 끝날 때가 되었으니까요.”

그래서 우리는 모험가 길드로 향했다.

현재 시각은 저녁.

평소 같으면 아직 안나가 산더미 같은 일에 치이고 있을 시간대이다.

그런데 모험가 길드의 문을 열고 안으로 들어갔더니, 벌써 유니폼을 벗고 사복으로 갈아입은 안나가 퇴근하려 하고 있었다.

“어머나, 뭐야. 둘이 마중 나와준 거야?”

“네.”

“엘자, 혹시 디저트 먹었어?”

“그, 그런 것은 왜 물어보시죠?”

“입가에 크림이 묻었어.”

“~~!”

엘자는 얼굴을 붉히고 황급히 입가를 닦았다.

“농담이야. 그냥 슬쩍 떠본 건데” 하고 안나는 웃었다. “하지만 그 반응을 보니까 알겠어. 역시 먹으러 갔다 온 거지?”

“성격이 나쁘시네요.”

“후후. 미안, 미안.”

“이제 퇴근하는 거니?”

“응, 물론이지. 퇴근 시간이잖아.”

안나는 당연하다는 듯이 말했다.

“모험가들은 다들 말을 잘 듣고 직원들도 우수하니까. 길드 마스터인 나는 참 편하게 일을 하고 있어.”

그 순간 깨달았다.

거기에는 안나의 소망이 반영되어 있었다.

다시 말해 실제로는 모험가들은 하나같이 말을 안 듣고, 직원들도 우수하지 않다는 것이 역설적으로 증명된 것이다.

“안나 씨, 고생하셨어요!”

길드 직원인 모니카가 말을 걸었다.

“모니카, 고생했어. 오늘도 땡땡이치지 않고 일 잘했어.”

“당연하죠. 안나 씨처럼 유능한 여자가 되고 싶으니까요. 땡땡이칠 시간 따윈 1초도 없어요.”

“후후. 이러면 나의 길드 마스터 자리도 위험하겠는데?”

평소와는 정반대로 기특한 말만 하는 모니카.

이 정도면 다른 사람이다.

실제로 이 여자는 진짜 모니카가 아니었다. 안나의 이상의 세계에만 있는, ‘이랬으면 좋겠다’라는 이상의 모니카의 모습을 반영시킨 존재였다.

그래서 ‘이게 대체 누구야?’라고 할 만한 인물이 된 것이다.

실제 모니카는 오직 설렁설렁 일하기 위해 최선을 다하는 나태한 사람이다. 출세하고 싶은 욕심 따윈 전혀 없었다.

“자, 그럼 엘자, 아빠. 슬슬 갈까?”

“어디로?”

“다 같이 메릴의 공연을 보러 가기로 했잖아?”

“아, 응. 그랬나?”

그랬었나 보다.

“어휴, 정신 똑바로 차려, 응?”

그러더니 안나는 내 팔에 매달렸다.

“어, 웬일이니?”

“나 지금 일해서 피곤하거든. 그래서 어리광도 좀 부리고 싶어.”

안나는 귀엽게 밑에서 나를 쳐다보더니 나에게 착 달라붙었다. 평소에는 당차게 행동하지만, 속으로는 늘 이렇게 하고 싶었던 걸지도 모른다.

“안나, 치사해요.”

“엘자도 하면 되잖아?”

“……그건 그렇죠.”

엘자는 약간 머뭇거리다가 “실례합니다” 하고 나의 반대쪽 팔을 잡았다.

오른팔에는 안나, 왼팔에는 엘자를 매달고 나는 메릴이 길거리 공연을 한다는 곳으로 걸어갔다.

아마 메릴은 평소처럼 길거리 공연을 하고 있을 것이다. 그렇게 상상했던 나는 실제로 그 현장에 도착했을 때 눈을 의심했다.

광장에는 거대한 원형 텐트가 세워져 있었다. 컬러풀하게 장식이 되어 있는 그곳에는 남녀노소 가리지 않고 많은 사람이 시끌벅적하게 모여 있었다. 주변에는 포장마차들도 나와 있었다.

“이, 이거, 규모가 왜 이래?”

“그야 뭐, 지금은 메릴 극단이라고 하면 모르는 사람이 없을 정도로 유명한 길거리 공연 팀이잖아. 너무 인기가 있어서 티켓을 구하기도 어렵다니까.”

“저희는 가족이라 관계자석으로 초대를 받았지만요. 그게 아니었으면 치열한 추첨을 통해 당첨되어야 했을 거예요.”

“돈을 내더라도 티켓을 구할 수 있는 게 아니잖아?”

“각지의 아이들을 무료로 초대하고 있으니까요. 오늘도 고아원 아이들이 공연을 기대하고 있는 것을 봤어요.”

“마법 연구는 그만둔 거니?”

“옛날부터 개발하고 싶어 했던 마법은 전부 다 완성했으니까.

그 애 입장에선 완전히 만족한 것 같아.”

“지금도 마법 연구 자체는 계속하고 있는 것 같지만요. 본업은 이쪽입니다.”

“마법도 공연도 전부 다 사람들을 위해서 하는 일이지만, 공연 쪽이 직접 즐기는 사람들의 얼굴을 볼 수 있으니까, 마음에 드는 거겠지.”

“주목받고 박수를 받는 것이 기분 좋아서 그렇다는 설도 있습니다만.”

“응, 아마도 그럴걸?”

그런 이야기를 하고 있는데——.

“앗, 아빠♪”

텐트 뒷문을 통해 메릴이 나타났다. 길거리 공연 의상을 입고 있었다. 여전히 노출이 심한 모습이었다.

“카이젤 선생님. 안녕하세요!”

옆에서 똑같이 노출이 심한 의상을 입고 있는 여자.

폴라였다.

폴라도 메릴과 함께 길거리 공연을 하면서 돌아다니고 있는 걸까.

“에트라. 이 폴라는 진짜야?”

『응. 그 녀석은 메릴이 창조한 게 아니야. 두 사람의 이상 세계 중 일부가 겹친 것 같아.』

그렇다면.

메릴이 폴라와 함께 길거리 공연을 하고 싶어 하는 것처럼, 폴라도 메릴과 함께 길거리 공연을 하고 싶어 하는 건가.

"아이참, 아빠. 어디 갔었어? 이제 곧 공연이 시작되는데."

"나도 출연하는 거야?"

"물론이지! 나랑 폴라랑 아빠. 셋이 모여서 메릴 극단이야. 누구 한 명이라도 빠지면 안 돼."

이제 보니 나도 극단의 일원으로 추가된 것 같았다.

"아버님. 힘내세요."

"우리는 객석에서 보고 있을게."

"자, 빨리 가자."

엘자와 안나의 배웅을 받으면서 나는 메릴과 폴라한테 끌려갔다.

이윽고 공연 시간이 되었다. 우리는 무대로 나갔다.

그 순간 환호성이 폭발했다.

장내는 만원이었다.

사방팔방 어디를 봐도 손님들로 완전히 뒤덮여 있었다.

기대에 차서 반짝반짝 빛나는 눈동자들.

손님들은 모두 다 이 하룻밤의 공연을 기대하고 있었다.

그야말로 압권인 광경이었다.

자칫 분위기에 압도될 정도였다.

그러나 메릴은 전혀 긴장한 기색이 없었다. 아니, 오히려 수많은 관객 앞에서 공연할 수 있어서 진심으로 즐거워하는 것 같았다.

그 후 공연은 대성공으로 끝났다.

마지막 프로그램이 끝났을 때는 관객들이 벌떡 일어나 손뼉을 치고 있었다. 밤의 어둠을 날려버릴 정도로 폭발적인 환호성이 터져 나왔다.

박수와 환성의 소용돌이에 휩싸인 채 메릴은 만족스러운 표정을 짓고 있었다. 그리고 나와 폴라의 얼굴을 보면서 즐겁게 말했다.

"우후후. 언젠가는 나랑 폴라랑 아빠, 이렇게 셋이 전 세계의 온갖 도시를 순회하면서 그곳에 사는 사람들을 모두 다 웃는 얼굴로 만들자♪"

아마도 그것이 메릴의 꿈인가 보다.

공연이 끝나자 아직 흥분이 가라앉지 않은 관객들이 텐트에서 우르르 몰려 나갔다. 그들의 표정을 보니 충분히 만족한 것 같았다.

돌아갈 준비를 마치고 엘자, 안나와 합류했다.

"정말 훌륭한 공연이었습니다."

"응, 덕분에 좋은 것을 봤어."

두 사람도 즐겨준 것 같았다.

"흐흥—. 뭐, 그거야 당연하지—."

메릴은 자랑스러운 것처럼 가슴을 활짝 폈다.

나는 엘자, 안나, 메릴과 함께 집에 돌아가게 되었다.

여기 있는 사람들은 전부 다 본인이었다.

그러니까 각자의 이상 세계가 있는데, 공연을 보러 갈 때까지
는 우연히 그 세계가 겹친 것이리라.

고로 지금부터는 세계가 따로따로 갈라질 가능성이 있었다.

릴리스, 이레네, 소니아 님, 레지나 같은 사람들과 마찬가지로
각각의 이상의 세계로 끌려 들어가는 것이다.

그것은 아무리 황당무계해도 이상하진 않을 것이다.

지금까지 실컷 체험했으므로 그 정도는 알았다.

그런데 우리는 도중에 따로 헤어지지도 않고 집에 도착했다.
집도 현실 세계에서 우리가 살고 있는 집과 완전히 똑같은 장소
에 있는 똑같은 모양새의 집이었다.

집에 돌아오자, 메릴이 말했다.

“아—. 나 진짜 배고파. 아빠, 나 밥 먹고 싶어—.”

“어휴, 뭐야. 아빠도 피곤하시잖아?”

“괜찮아. 금방 만들어줄게.”

“저희도 도와드릴게요.”

나는 주방에 서서 우리 딸들과 함께 요리를 시작했다.

그리고 잠시 후. 테이블 위에는 음식들이 차려졌다.

스튜와 파이. 세 사람이 좋아하는 음식이었다.

“자, 그럼 먹을까?”

““잘 먹겠습니다.”””

다 같이 손을 모으고 인사한 뒤 동시에 저녁을 먹기 시작했다.

“아주 맛있어……!”

"아빠가 만들어주는 스튜는 언제나 최고야."

"한 그릇 더—♪"

"빠르네. 좀 더 천천히 먹어야지, 안 그러면 몸에 안 좋다?"

"하지만 맛있는 걸 어떡해."

"어쩔 수 없구나. 그럼 새로 퍼 올 테니까 좀 기다려봐."

텅 빈 그릇을 손에 들고 자리에서 일어나 주방으로 갔다.

냄비에 든 스튜를 그릇에 새로 퍼 담으면서 무심코 중얼거렸다.

"……이상하네."

『뭐가?』

에트라가 내 혼잣말에 답했다.

"난 당연히 무슨 일이 일어날 줄 알았거든. 그런데 무서울 정도로 평소와 똑같아. 나는 우리 딸들의 이상 세계에 휘말릴 줄 알았는데."

특히 메릴은 터무니없는 세계를 구현시킬 거라고 생각했었다. 나와 결혼하고 싶다는 말도 줄곧 했었고.

거기까지 말했을 때 나는 문득 깨달았다.

"혹시 이것은 나의 이상의 세계인가? 눈앞에 있는 딸들은 내가 창조한 환상의 모습이 아닐……."

『아냐. 거기 있는 네 딸들은 셋 다 틀림없이 본인이야. 3인분의 생체 반응이 느껴지니까.』

"그러면 왜 아무 일도 안 일어나는 거지? 나를 포함해 네 명이나 있는데도 어째서 평소와 같은 광경이 펼쳐진 거야?"

『그야 뻔하지.』

"뭐?"

『아무 일도 일어나지 않고 평소처럼 지낸다는 것은, 그 애들이 원하는 이상적인 세계는 바로 네가 지금 보고 있는 눈앞의 세계라는 거야.』

그 순간 깜짝 놀랐다. 고개를 들었다.

엘자와 안나와 메릴. 세 사람은 거실 테이블 주위에 둘러앉아 화기애애하게 잡담하면서 저녁 식사 시간을 보내고 있었다.

『너까지 포함해 네 사람이 전부 다 이렇게 가족끼리 함께하는 저녁 식사 시간을 행복하다고 생각하고 있어. 그래서 꿈의 세계에서도 평소와 다름없는 광경이 펼쳐진 거야. 그 증거로 꿈의 총량은 점점 늘고 있어. 네 사람의 소망이 이루어지지 않았다면 이렇게 가속도적으로 증폭될 리 없어.』

나만 그런 게 아니었다.

엘자도, 안나도, 메릴도. 뭐든지 다 이룰 수 있는 꿈의 세계에서 평소와 같은 저녁 식사 시간을 즐기고 있었다.

그것은 모두가 그 시간을 소중하게 여기고 있기 때문이다. 행복하다고 느끼기 때문이다.

──그렇구나.

이 아이들의 소원은 이미 이루어졌다. 다 함께 지내는 이 한때야말로 그들에게는 이상적인 세계였다.

그리고 그것은 나도 마찬가지였다.

어느새 나는 내 마음을 토로하고 있었다.

"……나는 그동안 쭉 불안했어. 어머니가 없어서 혹시나 우리 딸들이 외로움을 느끼진 않았을까. 과연 딸들이 지금 정말로 행복할까? 하고."

주변의 가정과는 달리 우리 집에는 아버지인 나밖에 없었다.

내 나름대로 최선의 애정을 쏟아부으려고 노력했지만, 어머니가 없어서 실은 아이들이 외로움을 느끼진 않았을까.

『행복한지 어떤지는 본인밖에 모르는 거잖아. 직접 물어봐도 꼭 솔직하게 대답한다는 보장도 없고.』

그러더니 에트라는 말을 이었다.

『하지만 이번에 맥의 마물로 인해 꿈의 세계에 갇힘으로써 알게 되었지. 네 딸들이 정말로 행복하다고 생각하고 있다는 것을.』

딸들의 이상 세계는, 평소에 우리가 보내는 일상 그 자체였다. 그들은 가족이 다 함께 모여 사는 나날을 행복하다고 느끼고 있었다.

『그러니까, 어, 뭐랄까. 결과적으로는 잘된 거 아냐?』

"……그러게."

바로 그때였다.

굉음이 울려 퍼지면서 세계가 흔들렸다.

배 속까지 울리는 듯한 진동.

이윽고 진동이 가라앉은 후에 나는 에트라에게 물어봤다.

"무슨 일이 일어난 거야?"

『이쪽 세계에서 맥의 마물이 스스로 흡수할 수 있는 꿈의 허용량을 넘기는 바람에 자멸하기 시작했어. 너희들의 저녁 식사 시간이 결정타가 된 것 같아.』

"그럼 우리는 어떻게 돼?"

『이제 곧 꿈의 세계는 붕괴할 거야. 그 후에는 현실로 돌아올 수 있을 거다. 그 세계의 기억은 사라질 테지만.』

"……그런가."

『일단 인사는 할게. 고생했어. 뭐, 이쪽 세계로 돌아오면 뒤풀이로 또 술이나 마시러 가자.』

에트라는 그렇게 말하더니.

『뇌까지 근육으로 된 그 멍청이도 초대해서』라고 덧붙였다.

레지나를 말하는 것이리라.

"이러니저러니 해도 그 녀석을 동료라고 생각하는구나."

『아니야. 아무리 꿈의 세계였어도 나를 실컷 바보 취급했으니까. 받은 만큼 돌려주지 않으면 내 속이 풀리질 않아.』

솔직하지 못한 녀석. 나는 속으로 쓴웃음을 지었다.

"알았어. 그러면 다음에 또 보자."

『그래.』

내가 에트라와의 교신을 마쳤을 때 메릴이 말을 걸었다.

"아빠, 왜 그래? 계속 중얼중얼 혼잣말이나 하고. ──앗! 설마 나 말고 다른 여자랑 몰래 이야기한 거야?!"

"아버님, 혹시 피곤하신 게……."

"하기야 아빠는 날마다 늦게까지 쉬지 않고 일하니까."

딸들은 방금 전의 흔들림은 눈치채지 못한 것 같았다. 이 꿈의 세계가 최후를 맞이하려고 한다는 것도.

"아니, 별일 아냐. 그리고 이 정도 업무량은 얼마든지 소화할 수 있어."

나는 미소를 지으면서 적당히 얼버무렸다.

"아무튼 음식은 아직 많이 남아 있으니까. 마음껏 먹으렴."

"와, 신난다―♪"

"그럼 저도 좀 더 먹어도 될까요?"

"가끔은 나도 먹어볼까. 내일부터 절제하면 되니까. 맛있는 음식을 먹을 수 있는데도 억지로 참는 것은 손해 보는 짓이야."

나는 우리 모두가 먹을 스튜를 그릇에 담아 가지고 테이블로 돌아갔다.

엘자, 안나, 메릴과 함께 즐거운 식탁 주위에 둘러앉았다.

거실에는 빛의 알갱이가 날아다니고 있었다. 세계가 붕괴하는 발소리가 들렸다. 그것은 바로 코앞까지 살금살금 다가와 있었다.

이제 곧 꿈은 끝난다.

그러나 무섭지는 않았다.

현실로 돌아가도 소중한 것은 바로 곁에 있으니까.

눈을 떠보니 그곳은 익숙한 내 방이었다.

커튼 틈새로 부드러운 아침 햇살이 들어와 바닥을 비추고 있었다. 창밖을 내다보자, 그곳에는 구름 한 점 없는 푸른 하늘이 펼쳐져 있었다.

아마도 현실 세계로 돌아온 모양이다.

내가 주방에서 아침밥을 준비하고 있는데 딸들이 차례차례 일어나서 나왔다. 맨 처음에는 엘자, 잠시 후에는 안나, 마지막에는 메릴이 나왔다.

"아버님. 안녕히 주무셨어요?"

"응, 안녕."

"아빠. 오늘도 일찍 일어났네?"

"뭐, 원래 그렇지."

"음냐. 아, 냄새 좋다~."

"밥은 거의 다 됐어. 세수하고 와."

4인분의 아침밥을 테이블 위에 늘어놓고 다 같이 모여 아침 식사를 했다.

그렇게 식사하는 도중에.

"어제 신기한 꿈을 꿨습니다"라고 엘자가 말했다. "다 같이 식탁 주위에 둘러앉아 아버님이 해주신 음식을 먹는 꿈이었어요."

"뭐? 그 꿈은 나도 꿨는데."

안나가 동조했다.

"그 전에는 엘자와 같이 메릴의 공연을 보러 갔었고. 커다란 텐트에서 메릴이 아빠와 함께 공연을 하고 있었어."

“농담이지?! 나도 그 꿈 꿨는데!”

딸들은 저마다 같은 꿈을 꿨다.

하지만 상세한 내용까진 모르고 단편적인 조각만 기억하는 것 같았다.

“그래도 무척 즐거운 꿈이었던 것 같아요.”

“맞아. 일도 정시에 끝나서 퇴근했고.”

“나도 매일매일 신나게 놀아서 너—무 좋았어♪”

즐겁게 어제 꾼 꿈 이야기를 하는 우리 딸들.

나는 그 광경을 지켜보면서 미소를 지었다.

그러자 그걸 본 안나가 말을 걸었다.

“아빠, 왜 그래? 기분이 좋아 보이는데.”

“아니, 그냥. 행복하다 싶어서.”

딸들과 함께 있는 식탁.

언제까지나 쭉 이런 나날이 이어지면 좋겠다.

그걸 위해서라도 오늘을 열심히 살아가자.

또 새로운 하루가 시작되려 하고 있었다.

후기

오랜만에 뵙습니다. 토모바시입니다.

무사히 7권을 발매하게 되었습니다. 오래 기다리시게 해서 죄송합니다……!

이번에는 단편집이라고나 할까요. 옴니버스 형식으로 꾸며봤습니다.

생각해보니 1권의 형식도 그런 느낌이었죠. 1권 이후 처음인가요.

2권부터 6권까지는 이야기의 중심축이 있어서, 거기에 맞춰 살을 붙이듯이 서브 에피소드를 덧붙여나갔거든요. 그래서 본제와는 상관없는 이야기들은 쓰지 못했습니다.

그러나 옴니버스 형식일 때는 본제에는 신경 쓰지 않고 자유롭게 글을 쓸 수 있죠. 장편에서는 집어넣을 여지가 없는 에피소드도 쓸 수 있습니다.

이번에는 후기 페이지도 넉넉하게 받았으니까요. 여기 수록된 각 에피소드를 돌아보면서 해설 같은 것을 써보고 싶습니다.

그 이유가 뭔가 하면요. 근황 보고를 할 정도로 특별한 근황이 없기도 하고, 또 제가 라이너 노츠*를 좋아하기 때문입니다. 어떻게 그 작품을 만들었는가 하는 역사라든가 제작 배경 같은 것을

---

*CD 등에 들어 있는 소책자에 수록된 해설문.

아는 게 재미있어요. 그래서 독자 여러분들도 재미있게 봐주셨으면 하는 거죠.

지금부터는 스포일러도 있습니다. 혹시 후기부터 읽으시는 분이 계신다면, 본편을 다 읽고 나서 읽으시길 바랍니다.

●『도플갱어』

카이젤이 마족에게 몸을 빼앗겨버리는 이야기입니다.

이 이야기는 본디 6권에 수록할 장편으로서 구상했었습니다.

카이젤이 마족에게 몸을 빼앗겼지만 그의 딸들에게는 쉽게 간파당해서, 마족은 "여러분에게 도움이 되도록 일할 테니까 죽이지 말아주세요" 하고 간청한다.

매일 바쁘게 일하는 딸들을 쉬게 해주려고 딸들의 몸속에 들어가 그 대신 각자의 직장에서 일을 해주는 마족. 그런데 그게 오히려 혼란을 초래한다──는 내용이었습니다.

재도우는 남자가 아니라 구상 당시에는 여자였습니다. 말투도 아가씨 말투였고요.

그런데 장편으로 만들기에는 뭔가 구상이 잘 완성되지 않아서요. 결국 플롯 제출 마감일 직전에 떠올린 현재의 6권 내용이 채용되었습니다.

애초에 이 이야기에서 제가 제일 쓰고 싶었던 부분은, 마족이 카이젤의 육체를 강탈했지만 딸들에게 쉽게 간파당하는 부분이었습니다.

실은 말이죠. 세계적으로 유명한 모 배관공 RPG에서 주인공이 적에게 몸을 빼앗기는 에피소드가 있는데요. 그 적이 연기하는 주인공을 보고, 동료들은 위화감은 느끼면서도 그게 가짜란 것을 간파하지는 못하는 대목이 있거든요.

그 일이 해결된 후에 동료들이 "주인공을 좋아합니다!"란 행동을 열심히 하는데, 그래 봤자 저는 "아니, 하지만 너희들은 가짜란 것을 간파하지 못했잖아?" 하고 석연찮은 기분을 느꼈단 말이죠.

그 에피소드에서 동료가 되는 아이만이 유일하게 진짜 주인공에게 다가와줍니다. 그 아이는 유저들 사이에서도 인기가 있어요. 그야 뭐, 당연히 그렇겠죠.

그 경험을 바탕으로 저는 '자신이 만약에 가짜에게 몸을 빼앗기더라도, 그 가짜가 다른 사람들이 눈치채지 못할 정도로 교묘하게 행동하더라도, 소중한 사람들은 쉽게 그 정체를 간파해주면 좋겠다'라고 생각해서 집필을 하게 되었습니다.

그런데 이걸 장편으로 만들려면 그 외에도 이것저것 살을 붙여야 한단 말이죠. 그러면 원래 제가 쓰고 싶었던 내용에서 벗어나 방황할 가능성이 있고요. 그럴 바에야 차라리 과감하게 단편으로 써서 제일 중요한 부분만 보여드리자! 해서 이렇게 되었습니다.

●『세 자매, 요리에 도전』
이것은 표지가 먼저 나온 다음에 써내려간 단편이었습니다.
7권은 어떤 표지로 할까? 하고 편집자님과 상담하는 도중에 "

가정적인 분위기가 나는 표지가 좋을지도 모르겠네요. 엘자가 요리를 한다든가"라고 편집자님이 제안해주셔서, 그럼 딸들이 요리를 하는 이야기를 써보자고 마음먹게 되었습니다.

메릴이 의외로 솜씨 좋게 채소의 껍질을 깐다든가, 안나가 껍질을 못 까서 고생한다든가. 그렇게 각자의 개성을 그려내는 게 재미있었습니다.

● 『여왕 폐하의 휴일』

소니아 님이 몰래 외출해서 서민의 생활을 실컷 즐기는 이야기입니다.

저는 애니메이션이나 만화나 라이트노벨에 나오는 어머니 캐릭터를 좋아하거든요. 자연스럽게 여주인공보다도 어머니 캐릭터를 더 좋아하게 되는 인간이라, 이건 정말로 써보고 싶은 이야기였습니다.

어머니 캐릭터가 교복을 입는 것. 너무너무 좋지 않아요?! 교복이 터질 것 같아서 와, 너무 심하다! 하고 경악할수록 더더욱 좋다고 생각합니다.

서른이 넘은 여성 캐릭터가 교복을 입고 "나도 아직은 학생처럼 보이겠지?"라고 말하는 것은 의외로 종종 보는 장면이라고 생각하는데요. 자신이 그와 비슷한 나이가 되어서 비로소 알게 된 사실도 있거든요. 서른 살쯤 되면, 보통은 나이 든 티가 나기 시작하기 때문에 당연히 학생처럼 보이진 않습니다. 미남 미녀도

다 그렇다고 생각해요. 슬픈 진실이죠. 어른이 되지 말걸 그랬어요. 하지만 이것은 현실 세계에서의 이야기이고, 판타지 세계에서는 그것도 다 가능합니다. 소니아 님은 굉장히 귀엽다고 생각해요.

●『지하 투기장에 잠입하다』
처음에는 에트라가 카이젤과 레지나를 데리고 카지노에서 큰 도박을 한다는 이야기를 써볼까? 하고 구상했었습니다.
하지만 카지노에서 도박을 하는 장면은 이전 에피소드에서 이미 써버렸거든요. 같은 내용을 또 한 번 쓰기도 좀 그렇지? 하고 노선을 변경했습니다.
정체를 숨기고 투기장에서 신나게 날뛰는 이야기를 써보고 싶은 마음도 있었거든요. 그래서 거기에 도박 요소를 추가해봤습니다.

●『메릴, 아르바이트를 하다』
메릴이 리즈베스의 여관에서 아르바이트를 하는 이야기입니다.
노동은 하고 싶지 않은 메릴한테 억지로 아르바이트를 시키면 어떻게 될까? 하는 아이디어에서 출발했는데요. 막상 일을 시작해보면 의외로 일을 잘할 거라고 생각했죠.
길거리 공연을 하면서 단련한 애교는 여기저기 응용할 수 있거든요.
원래 사람은 활기차게 인사를 잘하고 애교가 있으면 어떻게든

되게 되어 있으니까요.

메릴이 아르바이트를 잘 해내서 자랑한다면 안나도 가만있지 않을 것이다. 아마 경쟁하려고 할 것이다. 그런 생각이 들어서 결국 안나까지 아르바이트를 하게 되었습니다.

● 『꿈의 세계』

7권을 옴니버스 형식으로 쓰기로 했을 때 저는 생각했습니다. 지난 6권까지 등장한 캐릭터들을 가능한 한 많이 등장시켜주고 싶다고요.

자신이 등장하는 권이 끝난 후에는 좀처럼 나오지 못한 캐릭터들도 많았거든요.

특히 릴리스가 그랬죠.

그래서 가능한 한 많은 히로인들이 등장할 수 있는 이야기를 써보고 싶었는데, 꿈의 세계라는 설정이라면 각 히로인들에게 좋은 장면을 만들어줄 수 있겠다 싶었습니다.

이건 잘 다듬으면 장편으로도 만들 수 있었을지도 모르지만요. 각자의 이상을 반영시킨 꿈의 세계라는 것은 아무래도 황당무계해지기 쉬우니까요.

장편보다는 단편에 더 잘 맞을 것 같았습니다.

자, 회고는 여기까지입니다.

중간에 저의 개인적인 이야기도 늘어놓은 듯한 기분이 드는데요.

여러분이 조금이라도 즐기셨으면 좋겠습니다.
그럼 감사 인사를 드리겠습니다.
이 작품에 참여해주신 모든 관계자 여러분, 감사합니다!
특히 독자 여러분께 진심으로 감사드려요!
다시 만날 날을 즐겁게 기다리겠습니다.

S RANK BOUKENSHYA DE ARU ORE NO MUSUME TACHI WA
JYUUDO NO FATHER COMPLEX DESITA Vol.07
©2025 Kametsu Tomobashi
First published in Japan in 2025 by OVERLAP, Inc.
Korean translation rights reserved by Somy Media, Inc.
Under the license from OVERLAP, Inc., Tokyo JAPAN

S랭크 모험가인 내 딸들은 심각한 파더콤이었습니다 7

2025년 8월 15일 1판 1쇄 발행

저   자 토모바시 카메츠
일 러 스 트 노조미 츠바메
옮 긴 이 한수진
발 행 인 유재옥
이   사 조병권
출판본부장 박광운
편 집 2 팀 정영길 박치우 조찬희
편 집 3 팀 오준영 권진영 이소의 정지원
디자인랩팀 김보라 전세연
디지털사업팀 김지연 윤희진 장혜원
라이츠사업팀 김정미 유아현 이지현
영업마케팅팀 최원석 윤아림
물 류 팀 백철기
경영지원팀 최정연
인쇄제작처 ㈜코리아피엔피
발 행 처 ㈜소미미디어
등   록 제2015-000008호
주   소 서울시 마포구 토정로222, 502호 (신수동, 한국출판콘텐츠센터)
판매 및 마케팅 (070) 8822-2301

ISBN 979-11-384-8328-5 04830
ISBN 979-11-6611-499-1 (세트)